Einaudi. Stile libero Big

11 - 11 - 2008

Dora

Roberto Benigni
Il mio Dante

Con uno scritto di Umberto Eco

Einaudi

© 2008 Giulio Einaudi editore s.p.a., Torino

www.einaudi.it

ISBN 978-88-06-19503-8

Il mio Dante

Nota dell'editore

Roberto Benigni sostiene che questo libro nasce dal lavoro del servizio intercettazioni dell'Einaudi. Che lui non si sarebbe neanche sognato di veder stampate le sue parole. Diciamolo subito: il fatto corrisponde a verità. Noi dell'Einaudi abbiamo seguito, come moltissimi altri, le letture di Benigni, fin da quando erano conversazioni con gli studenti dell'università, e poi città per città e serata dopo serata. Come tutti, abbiamo ascoltato i canti della *Divina Commedia* rinascere all'orecchio dei nostri contemporanei.

Ma oltre il momento impareggiabile della dizione, ciò che ci ha colpito è stato il modo in cui Roberto Benigni portava gli ascoltatori a essere pronti per fare il loro mestiere, quello appunto di ascoltare e comprendere e poi magari di tornare a leggere. Era una via semplice e dottissima. Un percorso indicato con precisione e nello stesso tempo lasciato aperto per ognuno. Per questo abbiamo riunito qui, per la cura di Valentina Pattavina, una sintesi di ore e ore di racconto orale. Il libro che ne è venuto fuori e che ora il lettore ha fra le mani, all'apparenza cosí scanzonato, è una via. Una via non solo alla *Divina Commedia*, ma piú in generale alla poesia.

Recitare Dante
di Umberto Eco

Come ha osservato De Mauro, quando Dante comincia a scrivere la *Commedia* il vocabolario fondamentale dell'italiano è costituito per il sessanta per cento, e alla fine del secolo è praticamente completo, al novanta per cento. Il che significa che sulle duemila parole circa che sono indispensabili per parlare italiano e farsi capire da chi lo parla, almeno milleottocento ci sono già in Dante.

Questo fenomeno deve certamente essere citato come uno dei segni negativi dello sviluppo dell'Italia come nazione: infatti, se l'italiano fosse stato parlato sin dagli inizi da tutto il popolo, dai mercanti, dagli artigiani, dai giudici e dai militari, dai contadini e dal re, esso si sarebbe trasformato come si sono trasformati francese e inglese, a tal segno che oggi un francese o un inglese, se leggono autori loro dell'epoca di Dante, ne capiscono pochissimo, come se si trattasse di un'altra lingua. E invece quando legge: «Nel mezzo del cammin di nostra vita | mi ritrovai per una selva oscura», qualsiasi parlante italiano capisce ancora benissimo dodici parole su tredici (e al massimo un analfabeta non saprà il significato di «selva»).

Sarà che parlare ancora l'italiano del Trecento non sia un buon segno, ma come consolazione ecco Benigni, il quale ci può leggere Dante perché Dante è linguisticamente attuale. Poi lui fa in modo che dal tono, dall'enfasi, dalla passione (per non dire dei commenti che fa precedere alla recitazione) si capiscano anche i termini lessicalmente desueti, o le costruzioni sintattiche troppo ardite, o almeno si intuisca il significato globale di una terzina, ma credo che neppure Laurence Olivier sarebbe stato capace di far capire ai suoi compatrioti Chaucer (che pure è di tre quarti di secolo piú moderno di Dante).

Secondo aspetto della fortuna del Dante di Benigni: lo recita, e con accento toscano. Cioè fa esattamente quello che facevano i contemporanei di Dante e che Dante voleva facessero, se l'avessero fatto in modo corretto. E infatti ecco dal *Trecentonovelle* di Sacchetti la novella 14, dove si dice che, passando Dante per affari suoi presso Porta San Pietro, vede – e peggio ancora sente – un fabbro che

> battendo ferro […] su la 'ncudine, cantava il Dante come si canta uno cantare, e tramestava i versi suoi, smozzicando e appiccando, che parea a Dante ricever di quello grandissima ingiuria. Non dice altro, se non che s'accosta alla bottega del fabbro, là dove avea di molti ferri con che facea l'arte; piglia Dante il martello e gettalo per la via, piglia le tanaglie e getta per la via, piglia le bilance e getta per la via, e cosí gittò molti ferramenti. Il fabbro, voltosi con uno atto bestiale, dice:
>
> – Che diavol fate voi? sete voi impazzato?
>
> Dice Dante:
>
> – O tu che fai?
>
> – Fo l'arte mia, – dice il fabbro, – e voi guastate le mie masserizie, gittandole per la via.
>
> Dice Dante:
>
> – Se tu non vuogli che io guasti le cose tue, non guastare le mie.
>
> Disse il fabbro:
>
> – O che vi guast'io?
>
> Disse Dante:
>
> – Tu canti il libro e non lo di' com'io lo feci; io non ho altr'arte, e tu me la guasti.
>
> Il fabbro gonfiato, non sapendo rispondere, raccoglie le cose e torna al suo lavoro; e se volle cantare, cantò di Tristano e di Lancelotto e lasciò stare il Dante.

Quanto alla novella 15, è quasi la stessa storia: Dante sente un asinaio che (se dirlo non è politicamente scorretto) è persona culturalmente inferiore al fabbro, il quale specie all'epoca era un artigiano di qualità, e questo asinaio

> andava drieto agli asini, cantando il libro di Dante, e quando avea cantato un pezzo, toccava l'asino, e diceva:
> – Arri.
> Scontrandosi Dante in costui, con la bracciaiuola li diede una grande batacchiata su le spalle, dicendo:
> – Cotesto *arri* non vi miss'io.
> Colui non sapea né chi si fosse Dante, né per quello che gli desse; se non che tocca gli asini forte, e pur:
> – Arri, arri.
> Quando fu un poco dilungato, si volge a Dante, cavandoli la lingua, e facendoli con la mano la fica, dicendo:
> – Togli.
> Dante veduto costui, dice:
> – Io non ti darei una delle mie per cento delle tue.
> O dolci parole piene di filosofia! che sono molti che sarebbono corsi dietro all'asinaio, e gridando e nabissando ancora tali che averebbono gittate le pietre; e 'l savio poeta confuse l'asinaio, avendo commendazione da qualunche intorno l'avea udito, con cosí savia parola, la quale gittò contro a un sí vile uomo come fu quell'asinaio.

I due episodi ci dicono anzitutto che (cosí come si contano della *Commedia* moltissimi manoscritti dell'epoca sua – anche se non l'originale – e piú di quanti non ne siano sopravvissuti di altri autori) l'opera era, diremmo oggi, best seller sin dalle origini, e best seller popolare, visto che la cantavano, magari anche malissimo, persone che certamente non l'avevano letta bensí udita dalle labbra di qualche miglior cantore. E dunque, quando Benigni va per le piazze a dire Dante fa esattamente quello che facevano i suoi contemporanei.

Che poi è quello che è accaduto per lunghissimo tempo

ai libri di successo, e ancora nell'Ottocento, quando furoreggiavano *I misteri di Parigi* di Sue o *Il Conte di Montecristo* di Dumas, benché ci fosse già un'industria culturale sviluppata e le opere uscissero a puntate sui quotidiani, tuttavia la maggioranza degli appassionati non le sapeva leggere, e si riuniva la sera nel cortile o nella strada, ad ascoltare l'intellettuale di turno, il portinaio o qualche commerciante che sapeva far di conto, cosí come oggi ci si siede davanti alla televisione ad ascoltar Benigni.

C'è dunque un legame tra le letture di Benigni e il destino eminentemente orale della letteratura, e della poesia innanzitutto; e non deve turbare, come forse ha turbato qualcuno, che a occuparsi di Dante fosse un comico. Recitare poesia era da tempi immemorabili cosa da aedi, e non mi stupirei che coloro che recitavano Omero all'inizio (o che recitando hanno contribuito a creare il mito di Omero) dopo aver raccontato di Troia o di Ogigia, si mettessero anche a mangiar fuoco, o comunque a strimpellare sulla lira per far terminare la serata e andare in giro col piattino.

È errore moderno credere che la poesia sia cosa per intellettuali raffinati: è la piú popolare delle arti, ed è nata per essere recitata a voce alta e mandata a memoria, altrimenti ditemi voi perché mai avrebbe dovuto usare artifici mnemotecnici come il piede, il metro o la rima.

Al qual proposito occorre dire che Benigni recita bene i poeti perché non inclina al vizio di molti attori, e cioè non elimina gli *enjambements* ma anzi li fa sentire. Come è noto, si ha *enjambement* quando la fine di un verso non coincide con la fine di una frase e la frase continua nel verso seguente. Tipico esempio, questi quattro versi da *L'infinito* leopardiano:

Ma sedendo e mirando, interminati
spazi *di là da quella, e* sovrumani
silenzi, *e profondissima quïete...*

Ora, il segreto della poesia è che dovrebbe sempre essere letta come se fossero rime del «Corriere dei Piccoli»: «Qui comincia l'avventura [pausa] del signor Bonaventura». E pertanto, almeno in teoria: «Ma sedendo e mirando, interminati [pausa] spazi di là da quella, e sovrumani [pausa] silenzi, e profondissima quïete». Ma se il poeta ha usato l'*enjambement* non sarà stato a caso, e dunque, se pure si deve fare sentire l'interruzione del verso, si deve al tempo stesso far capire che la frase continua al verso successivo. È una lotta tra significante e significato, tra sostanza ritmica e senso. Il cattivo attore pensa solo al senso, e recita:

Ma sedendo e mirando, [pausa]
interminati spazi *di là da quella,* [pausa]
e sovrumani silenzi, [pausa]
e profondissima quïete...

E per fare un esempio dantesco, ecco i due versi:

sol con un legno e con quella compagna
picciola da la qual non fui diserto... [*Inferno,* XXVI].

Dove il cattivo attore certamente reciterà:

sol con un legno
e con quella compagna picciola
da la qual non fui diserto...

Il bravo attore, invece, farà una pausa alla fine del verso, ma piú breve del solito, in modo che si sentano e la spezzatura ritmica e la continuità semantica. Arte difficile, nella quale Benigni eccelle.

E perché non si fa prendere nella pania del senso prosastico? Perché oltre a essere un attore Benigni è un raffinato intellettuale; anche se si presenta sul palco saltellando come un clown, è – ed era anche prima delle sue avventure dantesche – uomo di ottime letture e letterato di bocca fina, capace talvolta di sorprendere pure chi lo conosce bene, che butta lí tra parentesi il nome di un minore, ed emerge che Benigni lo ha letto, magari in originale. Per cui queste *lecturae Dantis* paiono un poco, da parte sua, anche la manifestazione di una vocazione didattica, gaiamente professorale, che da tempo egli maturava (forse per giustificare le lauree *honoris causae* che gli stanno piovendo addosso come se fosse un cantautore come tutti).

Il miracolo, che forse non sperava neppure lui, è che lo hanno seguito le folle, «ed eran tante, che 'l numero loro | piú che 'l doppiar de li scacchi s'inmilla». Cose che accadono solo ai profeti. Meglio che si fermi, altrimenti un giorno o l'altro gli salterà in mente di moltiplicare anche i pani e i pesci. E a lui, si sa, non piace chi si traveste da «unto del Signore».

Meglio immaginare un film in cui non solo Roberto Benigni rifaccia il viaggio del suo Maestro, girone per girone e cielo per cielo, ma incontri anche il fabbro e/o l'asinaio. Virgilio potrei farlo io, o Cerami, insomma, un amico; per Beatrice so già chi ha in testa Benigni; i dannati… be', per i dannati c'è solo da decidere chi scartare. I beati, forse bisognerà lavorare di trucchi elettronici, olografie e realtà virtuale. Fabbro e/o asinaio potrebbero essere interpretati, che so, da un preside, da un professore d'università, da un critico detto militante, o da uno di quegli attori che non sanno come risolvere gli *enjambements*. Ma Dante potrebbe farlo solo Benigni, in divisa regolamentare da Vate, palandrana e alloro compresi: ne ha l'accento toscanaccio, la magrezza grifagna, il piglio incazzevole, e l'amore per i suoi versi – da recitare bene. Come si deve, senza *arri*.

Ho già il titolo, *L'altra vita è bella*.

Premessa

di Roberto Benigni

Diviso tra poesia e impegno politico, in tempi di poco lirismo e molta accumulazione del capitale, ero incerto se scrivere per Einaudi un volume di magistrali saggi sulla verità poetica chiamandolo *Dante e l'ornitorinco*, oppure una biografia genealogica sul casato della Luxemburg intitolato *Il cognome della Rosa*. In entrambi i casi sono stato preceduto. E non è la prima volta.

Qualche anno fa, infatti, avevo finito di scrivere con impegno e un po' di allegra goliardia un bel libro sulla sessualità inespressa degli strutturalisti francesi intitolato *Il batacchio di Barthes*, ma qualcuno mi ha preceduto facendo uscire un mese prima *Il pendolo di Foucault*. Vabbe', le idee vanno e vengono e non me la sono presa. Nemmeno quando mi hanno rubato l'idea di un romanzo sul figlio piú piccolo di Pippo Baudo ambientato nel Medioevo. Va bene, va bene.

Quando cominciai a leggere la *Divina Commedia* per la prima volta, mi accadde la stessa cosa. Mi venne un colpo. Chiusi il libro inviperito e dissi a voce alta: «No! M'ha rubato l'idea!» Poi lo riaprii continuando a leggere, sperando che a Dante gli fosse venuto male, cosí avrei potuto riscriverlo meglio io. Da quel giorno quel libro non l'ho piú chiuso. E non solo ho continuato a leggerlo, ma ho continuato anche a scriverlo. Quando si trova davanti a una cosa bella la nostra anima si esalta, e presa da una gioia superba pensa di essere lei l'autrice della cosa. A tutti noi, del resto, è venuto in mente di pensare come è fatto l'aldilà, dove andremo a finire dopo la morte, se saremo premiati o puniti, ma come l'ha scritto lui! Cosí come a tutti noi è di sicuro venuto in mente di pensare se è meglio vivere o morire, o forse sognare, ma come l'ha scritto Shakespeare! (Nella letteratura spesso si fanno quei giochetti stupidi su chi è il piú grande scrittore di tutti i tempi, pratica alla quale mi sono sempre sottratto, per questo ho nominato il secondo piú grande scrittore del mondo senza fare commenti). Volevo anch'io come Dante imparare tutto, sapere tutto per poter scrivere un libro bello cosí. Poi mi è venuta in mente l'esortazione del Machiavelli: «Ci sono persone che sanno tutto e questo è tutto quello che sanno». È il mistero della bellezza, e la *Divina Commedia* è un libro dove la bellezza, come il sole sugli specchi, gibigianando va. È un'opera immortale, perché Dante credeva profondamente a tutto ciò che descriveva (Balzac prima di morire ha chiamato uno dei medici della *Comédie humaine*, e Dumas ha pianto a lungo quando ha scritto la morte di Porthos) e bisogna crederci anche noi, perché quel libro è un sogno. E come tutti i sogni, continuerà a interpretarci fino alla fine dei nostri giorni. Mi faceva sentire protagonista dell'avventura piú strabiliante che si potesse concepire. Un grande viaggio verso la divinità. E senza muoversi. Canto dopo canto ci rendiamo conto, come per la Madonna Sistina di Raffaello, che è Dio a incedere verso di noi.

Ma la cosa che mi piaceva di piú erano le immagini che rimbalzavano da ogni parola, lussureggianti, vive. I dettagli. Vedevo il colore delle ali dell'arcangelo Gabriele, come guizza un ramarro in mezzo alla strada d'estate, come si sta nelle mani di un gigante, come fa a bruciare un pezzo di carta (spettacolo che mi ero sempre perso), come muove gli occhi la Madonna. È proprio il caso di dire: roba dell'altro mondo! Come si fa a non voler bene a codesto libro? E come mi piaceva quando Dante s'arrabbiava da morire. Specialmente con gli imbecilli. Dante era uno che avrebbe potuto dare un bacio a un lebbroso, ma non avrebbe mai stretto la mano a un cretino. E poi le donne. Non piú tentazione, ma salvezza. Dopo la *Divina Commedia* c'è un altro modo di pensare l'eros nel mondo. E il prodigio inconcepibile della lingua. Una lingua popolare, misteriosa e mistica che agguanta l'anima agli uomini e a Dio e non la lascia piú. Mettendo a disposizione del popolo, quattrocento anni prima dell'enciclopedia, tutta la cultura del suo tempo, e non in ordine alfabetico ma in rima, indicandoci la strada per un cammino supremo verso la felicità. «Io stupiva!» direbbe Gadda. Ma siccome un bel pensatore ha detto che su ciò di cui non si può parlare si deve tacere, mi taccio e parlo d'altro.

Potrei denunciare Einaudi perché questo libro è una vera e propria intercettazione. Io sono andato in giro parlando di Dante qua e là, cose intime tra amici, e improvvisamente mi vedo stampato tutto. Ogni sciocchezza. E se ne dicono molte su Dante. Come alcune che troverete qui. Ci sono frasi in libertà che vanno prese per quello che sono e che ripetono sempre la stessa cosa: che la *Divina Commedia* è bella e che è meglio leggerla che non leggerla. A parte il numero incredibile di persone, il ricordo piú bello che ho delle serate dantesche è la voglia di ognuna di queste persone di sentire delle cose belle, la promessa di una voce che avesse parlato loro di qualcosa che avevano sempre desiderato. E Dante mantiene le promesse. A differenza dei filosofi, i poeti promettono meno ma mantengono di piú. Specialmente a giudicare da quei silenzi impressionanti che spesso si protraevano oltre la fine del canto.

Mi sono sempre chiesto come si fa a leggere Dante. Pagherei qualsiasi cosa per sentirlo leggere da Boccaccio. Sono anche stato alla chiesa di Santo Stefano in Badia, dove lo leggeva lui, per sentire se era rimasta qualche eco. Per sapere, per esempio, se le *s* di «cosa» o «casa» le pronunciava dure o dolci, se diceva «basciò» o «baciò». Come si fa a far sentire le doppie di «essalto» o di «etterno». A mantenere sempre l'endecasillabo senza fare brutta musica. Anche quando le sillabe possono diventare tredici o quattordici come spesso accade nel *Paradiso*. Come fare a non stonare quando l'accento improvvisamente non cade sulla quarta ma sulla seconda e poi dove càpita càpita. In Petrarca è sempre chiaro, non sbaglia mai. Dante è piú generoso, ci rende partecipi del suo lavoro. E quanto e come e se ci si può commuovere, la voce, i silenzi, le accelerazioni, tutte cose delle quali non si sa con chi parlare.

Ma una sera, a Milano, dopo una mia *lectura Dantis* al Palasport, mi accadde una bella cosa. Andai a cena con una persona davvero speciale. Questa persona è l'uomo di pensiero piú influente del mondo, oltre che il piú intelligente e divertente (e siccome – l'ho detto prima – non mi piacciono le classifiche, non ne farò il nome). Una persona straordinaria, insomma, con la quale scambio spesso delle opinioni e delle idee, anche perché come le elabora e le scrive lui è una cosa insuperabile. Mi ricordo tanti anni fa, per esempio, gli parlai di Mike Bongiorno, che a me sembrava un fenomeno, e gli lessi i miei appunti che annotavo su un piccolissimo diario. O qualche anno dopo, quando gli esposi una mia teoria sulla produzione segnica in cui riorganizzavo tutti i problemi di linguistica, logica, estetica, eccetera, e pensavo di scriverci addirittura un Trattato. Generale. Ricordo che lui era molto interessato. Vabbe'. Comunque, quella sera a cena prima parlammo di alcuni autori minori del XIX secolo, di uno dei quali, Labrunie, mi citò dei passi in originale, mentre io per divertimento gli risposi con due versi in greco antico di

Nonno di Panopoli, un minore dell'età ellenistica. La serata passava cosí, in frivolezze. A un certo punto il discorso cadde sulle letture dantesche. Lui avanzò qualche dubbio sul fatto che io fossi un comico, e io gli feci notare che la tradizione che lega i comici alla poesia viene da Omero, roba da aedi. Poi aggiunsi che se qualche volta prendevo degli strafalcioni, anche questo sta nella tradizione, e gli raccontai due novelle dal *Trecentonovelle* del Sacchetti (mi pare, se non ricordo male, la 14 e la 15, che sono quasi la stessa storia). Poi gli parlai degli *enjambements*, quella sublime esitazione tra suono e senso, di come è difficile quell'arte, e gli feci un esempio, recitandoglielo, dal Leopardi (mi pare fosse *L'infinito*). Gli dicevo, insomma, che bisogna leggere Dante come il «Corriere dei Piccoli». Lui si divertí molto. Fu una bella serata. Una volta usciti, gli chiesi timidamente cosa ne pensava della mia lettura di Dante. Rispose che dovevo fare cinema. Proprio cosí. Disse che era meglio se smettevo di leggere Dante e facevo un film sull'aldilà. Mi disse anche il titolo, che non ricordo. Io pensai che se le cose di cui avevamo parlato le avesse potute elaborare e scrivere una persona come lui, sarebbe stato un bel regalo alla poesia. Tentennava. Allora gli dissi che se lo avesse fatto avrei smesso di andare in giro a recitare la *Divina Commedia* e avrei fatto davvero un film. Ma non sull'aldilà, bensí sugli amori giovanili di Dante, riservando a me la parte del poeta e per riconoscenza a lui quella di Beatrice. Gli dissi anche il titolo: *La vita nuova è bella*. Lui ne fu lusingato, anche se non è un narciso (dire di lui che è un narciso sarebbe come dire che Romeo è una Giulietta). Disse che ci avrebbe pensato. Poi sorrise e scomparve nella nebbia di via Manzoni «come per acqua cupa cosa grave».

La lettura

Quando si parla di Dante, mi si rigirano subito il corpo e l'anima; è un poeta eterno, che ho sempre sentito come un amico. Il mio vuole essere solo un omaggio: quello che dico non ha carattere scientifico, ma personale. Del resto, qualsiasi cosa si dica su Dante va sempre bene, perché è un contributo che diamo alla poesia, alla bellezza e alla gioia del vivere.

Questo Dante Alighieri, ma chi era?
In passato ho fatto tanti incontri nelle università per parlare di lui, e una volta anche in America, quando m'hanno tenuto là mesi e mesi per tutti i giracci che mi facevano fare prima dell'Oscar. Mi hanno voluto all'Università di Los Angeles perché ne parlassi addirittura in inglese. Naturalmente stavo tranquillo perché di quello che dicevo non capiva niente nessuno: andavo a ruota libera.
Su Dante si sa davvero poco. Di lui non è rimasta neanche una firma, un'orma, il numero di scarpe, la taglia del vestito… In ogni caso, non bisogna immaginarselo cosí come l'hanno raffigurato nelle statue o nei quadri, col cipiglio serio, la palandrana lunga e il cappuccio in testa: era un ragazzo di trentacinque anni quando scrisse la *Divina Commedia*, uno giovane giovane, che portava perfino dei bei pantaloni allegri e colorati. Perché si usavano molto i colori, nel Medioevo, che a torto viene descritto come un periodo buio e

tremendo. In verità era un'epoca spettacolare: Firenze era la Wall Street del Duecento e il fiorino era una moneta fortissima. Tutti volevano venire in Italia, e Firenze era la meta piú ambita.

Erano tirchi, i fiorentini. Avevano inventato le banche: i Peruzzi, gli Spini, i Valdi... Facevano prestiti al sessantasettanta per cento di interessi, e siccome la Chiesa condannava l'usura, questi banchieri dicevano:

– Sí, però noi s'è fatta la ditta... la ditta non ha mica l'anima... Se volete mandare all'Inferno la ditta è un discorso, ma noi non c'entriamo nulla.

E la Chiesa: – Mah... forse hanno ragione loro...

Comunque, applicavano sui prestiti dei tassi cosí alti che in punto di morte si pentivano di aver praticato l'usura. Oggi è rimasto tutto uguale, eccetto che i banchieri non si pentono piú in punto di morte.

Malgrado l'attaccamento ai soldi, i fiorentini avevano un grande amore verso i poveri. Non facevano la beneficenza, che è un termine moderno, ma la carità, che è un termine inventato da Gesú Cristo. E la carità a Firenze era vera, vi si raccoglievano tutti i poveri d'Italia, perché la gente se ne prendeva cura e li invitava addirittura nelle proprie case. Per accoglierli furono costituite le confraternite, e alcune esistono ancora – San Michele, La Misericordia.

La vita a Firenze era bellissima. Tutto era pieno di colori, c'erano cavalieri in abiti sgargianti circondati da guardie del corpo che cacciavano via a sputi chi si accostava. Si organizzavano processioni con una coreografia e una regia che nemmeno Federico Fellini. I funerali duravano sette-otto ore: piú era importante il morto piú la cerimonia era lunga. Si celebravano matrimoni tutti i giorni. Ovunque era pieno di banditori, di contadini che entravano in città con i buoi e le mercanzie. C'era una gran confusione in ogni via, nelle piazze, nei mercati, un urlio continuo. I predicatori giravano per le strade ammonendo: «La fine del mondo è vicina...»

E si praticava il sesso sfrenato. I tantissimi bordelli erano tollerati, solo non dovevano stare nei pressi delle chiese, e alle prostitute era vietato andare con i malati per non diffondere contagi. In compenso ai magnaccia tagliavano le mani e li castravano. A un certo punto era stato chiamato un certo fra' Giordano da Pisa, un sant'uomo, il quale raccontò di aver sentito una ragazza in chiesa pregare cosí:

– O Madonnina bella, tu che sei rimasta incinta senza fare l'amore, fammi fare l'amore senza rimanere incinta!

Preoccupato, il frate decise di correre ai ripari. Si diceva che Firenze fosse la città delle undicimila vergini, e dal momento che i costumi erano assai licenziosi, fra' Giordano cominciò a confessarle. In capo a un mese e mezzo le aveva confessate tutte e undicimila. Arrivato all'ultima, disse:

– Non ce n'è piú neanche una... Sopra i diciassette anni, scordatevele... E non solo non c'è piú una vergine, ma peccano anche contronatura!

L'omosessualità infatti era molto diffusa, tant'è che, nel mondo, «omosessuale» si diceva *florenzen*, «fiorentino». Ma era un segno di grande civiltà, di apertura mentale. Pensate che in tempi recenti, quando vennero a Roma, quelli della Lega Nord organizzarono una delle solite manifestazioni: «Romani ladroni! Roma terrona!» I romani, per tutta risposta, un giorno che andarono a Milano per assistere a una partita di calcio, si portarono dietro uno striscione con sopra scritto: «Quando voi eravate ancora sugli alberi, noi eravamo già froci!» Quanta differenza di civiltà...

Tempo fa, il professor Umberto Eco ha consigliato agli studenti di imparare un'altra volta le poesie a memoria. In questo modo, oltre alla parola, ti viene dentro anche il suo-

no, che è come una musica bellissima. A me la mia mamma
lo diceva sempre:

– Impara a memoria! Lo vedi Dante? Era tremendo. Devi diventare come lui, che sapeva tutto a memoria, conosceva ogni cosa!

E mi raccontava il famoso aneddoto del sasso…

Dante è seduto su un sasso davanti al Duomo di Firenze.
Arriva un signore e gli dice: – Qual è il miglior boccone?

E Dante: – L'ovo!

E l'altro se ne va.

Un anno dopo, lo stesso signore ritorna nello stesso posto dove Dante è seduto sullo stesso sasso, e gli chiede a bru-
ciapelo: – Con che?

E Dante: – Col sale!

Quest'aneddoto la mia mamma me lo ripeteva sempre,
per farmi capire che Dante aveva una memoria di ferro e che
anch'io dovevo avere la memoria di ferro che aveva Dante.
E pure il mio babbo voleva che sviluppassi la memoria, cosí
mi buttava sul palco con i cantori d'ottave, per farmi fare a
gara con loro a improvvisare in rima.

Dante Alighieri ci ha lasciato l'apice di tutte le letterature. Io sono un uomo di spettacolo, e come tale vengo dalla
narrazione, perché per stare sul palcoscenico devo essere capace di raccontare. Quindi sono anche un uomo di lettere,
e pure piuttosto esigente, nel senso che quando leggo mi piace godere della lettura. Dunque, quando dico che la *Divina
Commedia* è la vetta delle letterature, lo dico proprio perché
è un piacere leggerla, e chissà cosa abbiamo fatto di straordinario per meritarci un dono cosí bello. È come se Dio avesse detto: «Guarda, sono stati talmente bravi e buoni che li

voglio premiare; gli dò uno che gli scrive la *Divina Commedia*!»

È un poema che narra non solo delle passioni, ma dei ramarri, della brina, di come guarda un uomo dall'occhio pigro, di come ci si gratta il capo, di cosa si pensa quando si sta sdraiati sul letto a pancia sotto. Dante ha detto praticamente tutto, e nemmeno Shakespeare è al suo livello: Shakespeare ha abbracciato tutti gli uomini, ma non ha sfiorato il divino. E Dante non ha scritto la *Divina Commedia* solo perché Dio *esiste*, ma anche perché Dio *esista*.

La *Commedia* è ambientata nel 1300. Sono passati settecento anni da allora, ma sono niente... Settecento anni equivalgono a dieci persone di settant'anni. Uno muore a settant'anni, e dopo di lui nasce subito un altro: mettete dieci persone di quell'età una dietro l'altra e arriverete a Dante. Solo dieci persone!

Il capolavoro dantesco è uno dei racconti piú cristallini, piú semplici che siano stati scritti; bisogna avvicinarcisi con l'innocenza di un bambino, e solo in seguito impegnarsi a capire le allegorie e le metafore, quando si faranno le seconde letture, le terze, le quarte, e cosí via. Ma all'inizio non dobbiamo privarci del piacere di leggere questo libro, di godere di un racconto dove ci sono il canto, la musicalità, la narrazione e, naturalmente, la poesia. E la poesia, come si sa, va letta ad alta voce, perché viene dalla tradizione orale. Si dice che sant'Agostino sia rimasto molto colpito il giorno in cui andò a trovare sant'Ambrogio e lo trovò intento a leggere mentalmente; una cosa mai accaduta prima, che lasciò sant'Agostino stralunato. In ebraico, addirittura, «leggere» e «gridare» si dicono nella stessa maniera. Segno, dunque, che tutta la grande poesia deve essere letta ad alta voce. Umberto Eco ha detto anche questo: oltre che imparare a memoria, bisogna leggere ad alta voce.

Ma come mai la *Divina Commedia* resiste da cosí tanto tempo? Un libro che resiste cosí tanto, o è erotico o è religioso. Prendiamo la Bibbia: non esiste opera piú erotica e mistica della Bibbia, è il libro piú venduto e piú letto, anche perché è facile, quando si sanno i gusti dei lettori... La Bibbia infatti è l'unico caso in cui l'autore del libro è anche l'autore dei lettori.

La *Divina Commedia* è estremamente erotica, ma piú che erotica è sensuale. Non solo: c'è dentro tutto lo scibile umano. Dante ha scritto per redimere le anime future in una lingua futura, che dura tutt'oggi, che è viva, palpitante, voluttuosa. Non basta: ci ha messo dentro l'anatomia, la veterinaria, l'astronomia, l'ingegneria, la fisica, la matematica. Nella *Commedia* c'è una cartina dell'Italia che sembra fatta coi satelliti. C'è la musica, c'è la poesia, c'è la teologia, e non si può fare a meno di chiedersi: ma chi è questo Dante? Da dove è venuto? Le cose che dice sembrano premonizioni... Va rimarcato che in duemila anni di poesia cristiana, teologica, erotica, critica, Dante non è mai stato superato. Nessuno è stato capace di eguagliare tanta scandalosa bellezza. Il suo è un libro in cui si volta pagina e si applaude.

L'erotismo di Dante, dicevamo. Qualcuno ricorderà il suo famoso sonetto trovato sul tavolo di un notaio bolognese, quello che comincia con: «Non mi poriano già mai fare ammenda», dove «ammenda» fa rima con «Garisenda». La storia è questa: Dante Alighieri era a Bologna e stava ammirando la torre della Garisenda. All'improvviso dice che vorrebbe accecarsi perché, mentre guardava la Garisenda, dietro di lui era passata – cosí gli avevano detto – la donna piú bella di Bologna, e lui non l'aveva vista perché stava guardando 'sta Garisenda. E s'era talmente arrabbiato da averci scritto un sonetto: valla a ripigliare quella, allora trovare le donne non era facile come adesso.

E non finisce qui. Con l'amico Guido Cavalcanti, Dante numerava goliardicamente le donne, con la libertà, la leggerezza e la bellezza della gioventú, quando si vede la donna come un essere supremo, come ha scritto nel sonetto: «Guido, i' vorrei che tu e Lapo ed io», che a un certo punto prosegue cosí:

E monna Vanna e monna Lagia poi
con quella ch'è sul numer de le trenta
con noi ponesse il buono incantatore...

E comunque, in ogni città c'è una donna di Dante: l'alpigiana gozzuta, la bella di Bologna, la mediocre di Lucca. In verità, credo che lui amasse molto la moglie, Gemma Donati, della quale non parla mai; e anche la sua mamma, della quale nemmeno parla mai.

Dante non pretende di insegnarci delle cose: lui dice di aver fatto un viaggio nell'aldilà, e noi dobbiamo credere che ci sia stato davvero. Io non ho mai dubitato che Dante sia stato nell'Inferno, nel Purgatorio e nel Paradiso: lui ci si butta dentro e afferma delle cose ben precise.

Nel mezzo del cammin di nostra vita
mi ritrovai per una selva oscura,
ché la diritta via era smarrita.

«A trentacinque anni, m'ero perso e mi ritrovai in un bosco», insomma. Sono i versi piú famosi del mondo. Uno li legge e pensa: ma che avrà fatto? Era a cena da amici, ha perso la strada di casa, s'è ritrovato in un bosco, com'è andata davvero? Uno la può leggere anche cosí, oppure capisce subito che si tratta di un'allegoria: un traduttore americano della *Commedia* ha affermato che Dante viveva un periodo di depressione, e che ha scritto quest'opera proprio per ritornare alla vita. Sono tutte letture che vengono in seguito, naturalmente. È importante però sottolineare che la bellezza della poesia sta nel fatto di renderci partecipi di sentimenti nuovi, ma anche di azioni che sono dentro di noi e che ignoriamo. Ed è il poeta a tirarle fuori.

I poeti *inventano* dei sentimenti. Cosí come Gesú ha inventato la carità e l'amore, Dante ha inventato l'astio, la rabbia, le pulsioni. Non c'erano prima: li ha catalogati lui. È come dire che l'elettricità e le onde radio ci sono sempre state, ma senza Marconi non sarebbero certo venute a galla.

Dunque Dante stava male, come tutti noi.

> *Ahi quanto a dir qual era è cosa dura*
> *esta selva selvaggia e aspra e forte*
> *che nel pensier rinova la paura!*
> *Tant'è amara che poco è piú morte;*
> *ma per trattar del ben ch'i' vi trovai,*
> *dirò de l'altre cose ch'i' v'ho scorte.*

Il mondo si divide in due: quelli che dividono il mondo in due e quelli che non lo dividono. E cosí è sia nella letteratura sia nella vita: ci sono delle persone che dicono che tutto è brutto senza possibilità di riscatto, e a me non piacciono per niente; ce ne sono delle altre che dicono che tutto è brutto, ma riescono lo stesso a farci vedere la bellezza in mezzo a tanto buio. Sono le mie preferite, e Dante è tra queste, perché nonostante il malessere che lo angosciava amava la vita. Anche a me piace la vita, perciò morire sarà l'ultima cosa che farò.

> *Ma poi ch'i' fui al piè d'un colle giunto,*
> *là dove terminava quella valle,*
> *che m'avea di paura il cor compunto,*
>   *guardai in alto, e vidi le sue spalle*
> *vestite già de' raggi del pianeta*
> *che mena dritto altrui per ogne calle.*

Quando parla dei «raggi del pianeta» Dante si riferisce al Sole. Al tempo si credeva che il Sole fosse un pianeta: non avevano ancora inventato i cannocchiali, i telescopi, non c'era ancora stato Galileo. Galileo... un pisano... L'avesse saputo Dante che un pisano avrebbe inventato il cannocchiale...

Piú avanti:

> *Poi ch'èi posato un poco il corpo lasso,*
> *ripresi via per la piaggia diserta,*
> *sí che 'l piè fermo sempre era 'l piú basso.*

Su questo ultimo verso sono state scritte intere biblioteche; dal mio punto di vista il suo significato è molto semplice: quando uno cammina, poggia per terra prima un piede e poi l'altro, e il piede che tocca terra è perciò piú basso di quello che si solleva per compiere il passo successivo. Ma per molti studiosi non è cosí, dev'esserci per forza dietro qualche allegoria, cosí hanno dibattuto a lungo su varie interpretazioni. Certe volte, purtroppo, la dantistica tende a esagerare, ed esaspera la ricerca di significati nascosti costringendoci ad avere reazioni scherzose e fuori luogo, come quella di chi ha scritto sul lungarno: «Esattamente sotto a questa striscia, ci veniva Dante a far la piscia».

Ed ecco, quasi al cominciar de l'erta,
una lonza leggera e presta molto,
che di pel maculato era coverta;

Gli appare una lonza, cioè un leopardo. La Storia vuole –
e ne parlano vari cronisti – che in quell'epoca a Firenze portarono un leopardo, e Dante lo vide. Era la prima volta che
si vedeva un leopardo, i leoni invece li conoscevano. Un grande poeta ha scritto che la povera bestia stava male, avrebbe
voluto tornare in Africa a cacciare gnu, ma è come se qualcuno avesse delineato un disegno diverso e le avesse detto:
«Tu devi soffrire qui questa cattività affinché un uomo ti ve-
da e metta la tua immagine in un poema che ha il suo posto
nella trama dell'universo». Dante vide il leopardo e lo prese
come simbolo. Il mondo è tessuto di armonie profonde: da
qualche parte è scritto che c'è una cosa per tutti noi... Poi
naturalmente uno vive come gli pare.

Temp'era dal principio del mattino,
e 'l sol montava 'n su con quelle stelle
ch'eran con lui quando l'amor divino
mosse di prima quelle cose belle;
sí ch'a bene sperar m'era cagione
di quella fera a la gaetta pelle
l'ora del tempo e la dolce stagione;
ma non sí che paura non mi desse
la vista che m'apparve d'un leone.

Appare un'altra belva. Prima un leopardo, poi un leone...
ma dove siamo? E cosa possono rappresentare queste due figure?

> *Questi parea che contra me venisse*
> *con la test'alta e con rabbiosa fame,*
> *sí che parea che l'aere ne tremesse.*
> *Ed una lupa...*

E che è, uno zoo?... Ma quanti animali ci sono? Prima una lonza, poi un leone, adesso una lupa...

Sinuosa com'è, la lonza è ovviamente il simbolo della lussuria. Dante raffigura i peccati che l'avevano traviato e ridotto nello stato in cui si trovava, ma che avevano traviato anche l'umanità. Non ce l'aveva con l'eros, ma con la sua mercificazione. Il leone, invece, è il simbolo chiaro della superbia: Dante, infatti, ha sempre saputo di essere Dante, il piú grande di tutti, e sentiva che scrivendo quasi sfidava Dio, perché giudicava gli uomini.

> *Ed una lupa, che di tutte brame*
> *sembiava carca ne la sua magrezza,*
> *e molte genti fé già viver grame,*
>
> > *questa mi porse tanto di gravezza*
> *con la paura ch'uscia di sua vista,*
> *ch'io perdei la speranza de l'altezza.*

La lupa rappresenta l'avidità, la cupidigia, la voglia di potere. Peccati tremendi, perché tendono ad annientare la libertà dell'altro.

> *Mentre ch'i' rovinava in basso loco,*
> *dinanzi a li occhi mi si fu offerto*
> *chi per lungo silenzio parea fioco.*
>
> > *Quando vidi costui nel gran diserto,*

«Miserere *di me*», gridai a lui,
«*qual che tu sii, od ombra od omo certo!*»
    Rispuosemi:«*Non omo, omo già fui,*
e li parenti miei furon lombardi,
mantoani per patrïa ambedui.
    Nacqui sub Julio, *ancor che fosse tardi,*
e vissi a Roma sotto 'l buono Augusto
al tempo de li dei falsi e bugiardi.
    Poeta fui, e cantai di quel giusto
figliuol d'Anchise che venne di Troia,
poi che 'l superbo Iliön fu combusto.

Ecco Virgilio, dunque. Che era morto a cinquant'anni.
Due ragazzini, Dante e Virgilio… E quello tra i due poeti
nella *Commedia* è il piú bel rapporto d'amicizia di tutti i tempi, intenso e da morir dal ridere.

    «*Or se' tu quel Virgilio e quella fonte*
che spandi di parlar sí largo fiume?»
rispuos'io lui con vergognosa fronte.
    «*O de li altri poeti onore e lume,*
vagliami 'l lungo studio e 'l grande amore
che m'ha fatto cercar lo tuo volume.
    Tu se' lo mio maestro e 'l mio autore;
tu se' solo colui da cu' io tolsi
lo bello stilo che m'ha fatto onore [...]».

Dante amava Virgilio alla follia. Conosceva l'*Eneide* a memoria; non solo, sapeva tutto quello che era stato scritto fino ad allora, e un libro all'epoca costava quanto un podere.
C'era un signore che abitava a Lucca, famoso in tutt'Italia
perché possedeva una biblioteca con dodici libri.

– Ha dodici libri? – si stupiva la gente. – La miseria! È un miliardario!

> *Ond'io per lo tuo me' penso e discerno*
> *che tu mi segui, e io sarò tua guida,*
> *e trarrotti di qui per loco etterno;*
> *ove udirai le disperate strida,*
> *vedrai li antichi spirti dolenti,*
> *ch'a la seconda morte ciascun grida:*
> *e vederai color che son contenti*
> *nel foco, perché speran di venire*
> *quando che sia a le beate genti.*

Virgilio dice a Dante che non solo gli farà vedere l'Inferno, ma anche il Purgatorio, che era stato inventato proprio al tempo di Dante. Si diceva:

– Tra quelli che non sono cristiani, quelli che commettono peccato, quelli che fanno le eresie e quelli che non sono battezzati, qui in Paradiso non ci va nessuno!

Cosí i preti prima inventarono il limbo, poi a qualcuno venne l'idea del Purgatorio, dimodoché la Chiesa, pregando per le anime dei morti, riceveva pure un obolo e guadagnava un po'. Fu un'intuizione strepitosa, un successo memorabile. E sí, perché prima la Chiesa aveva giurisdizione solo sulle anime dei vivi, in questa maniera la acquisiva anche sulle anime dei morti. Ma a far diventare popolare il Purgatorio fu senz'altro Dante Alighieri: nessuno prima di lui, infatti, lo aveva descritto. E mentre la Chiesa sosteneva che vi si soffrissero patimenti orrendi, Dante invece descrive le anime che lo abitano come pervase dalla beatitudine e dalla grazia, perché poi andranno tutte in Paradiso: ha introdotto per primo la speranza.

Dante segue dunque Virgilio, e vedremo cosa succede nel
II dell'*Inferno*, che a volte si salta, ma è un canto meraviglio-
so, perché c'è l'entrata in scena della protagonista femminile. Fuori campo però, evocata, che fa ancora piú effetto.

> *Lo giorno se n'andava, e l'aere bruno*
> *toglieva li animai che sono in terra*
> *da le fatiche loro; e io sol uno…*

Gli «animai» non sono gli animali, ma gli esseri viventi,
coloro che hanno un'anima. Questa sequenza di endecasillabi perfetti sta a significare che s'era fatta sera e che tutti
andavano a dormire.

Non dobbiamo mai privarci del piacere di leggere la *Commedia* con lo spirito di chi visita un continente nuovo e scopre un mondo che non ha mai visto. La *Divina Commedia* è
un pianeta sconosciuto dove troviamo cose che riguardano
noi. E bisogna che andiamo a vedere nel nostro passato, proprio come fa Dante, che rientra nella sua vita.

È come la storiella dell'uomo che cerca una chiave per
terra, sotto un lampione. Passa uno e gli chiede: – Che fai?

– Cerco la chiave.

– Ma l'hai persa lí?

– No, l'ho persa laggiú.

– E allora perché la cerchi lí?

– Perché qui c'è luce e ci si vede.

Sembra una bischerata, invece è un'antica storiella ebrai-
ca. Vuol dire che quando si è persa la chiave – e siamo davanti a un simbolo: la chiave rappresenta qualcosa dentro di
noi che si è perduto – è inutile stare nel presente, dove c'è
la luce. Bisogna avere il coraggio di addentrarsi nel buio in-
teriore, come Dante fa e come ci spinge a fare. Dice: «Guar-

date come siete fatti, e troverete tutte le chiavi del mondo. Se rimanete sotto il lampione solo perché lí c'è luce, non troverete nulla». Be', direte voi, perlomeno con la luce si vede bene il lampione e si evita di sbatterci la testa contro...

> *Io era tra color che son sospesi,*
> *e donna mi chiamò beata e bella,*
> *tal che di comandare io la richiesi.*
> *Lucevan li occhi suoi piú che la stella;*
> *e cominciommi a dir soave e piana,*
> *con angelica voce, in sua favella:*
> *«O anima cortese mantoana,*
> *di cui la fama ancor nel mondo dura,*
> *e durerà quanto 'l mondo lontana,*
> *l'amico mio, e non de la ventura,*
> *ne la diserta piaggia è impedito*
> *sí nel cammin, che vòlt'è per paura;*
> *e temo che non sia già sí smarrito,*
> *ch'io mi sia tardi al soccorso levata,*
> *per quel ch'i' ho di lui nel cielo udito.*
> *Or movi, e con la tua parola ornata,*
> *e con ciò c'ha mestieri al suo campare,*
> *l'aiuta sí ch'i' ne sia consolata.*
> *I' son Beatrice che ti faccio andare;*
> *vegno del loco ove tornar disio:*
> *amor mi mosse, che mi fa parlare».*

Ora, se uno ha letto la *Vita nuova*, gli viene un sussulto a ritrovare la protagonista: la ragazza che abitava vicino a casa di Dante, adesso è qui e viene dal Paradiso. Ma questo ha perso la testa! E infatti Cavalcanti glielo disse: «O Dante, hai perso la testa». Pensate al coraggio di quest'uomo: mette una ragazza amica sua insieme alla Madonna.

Abbiamo dunque chiaro che all'inizio Dante non voleva fare questo viaggio ultramondano; si ritrova in una selva, e appaiono tre belve, che sono belle anche cosí, senza metafore: una lonza, un leone e una lupa. Una paura terribile. Poi arriva Virgilio, che è il suo poeta preferito, e le prime parole che Dante gli rivolge sono: «*Miserere* di me». Ha paura, una paura tremenda, e Virgilio lo deve convincere a proseguire. Gli dice che è stato insignito, che 'sto viaggio lo deve fare per forza, che deve scrivere... Ma Dante non vuole proprio andare.

– No, non voglio venire...

Virgilio allora, per convincerlo, gli dice che è stato chiamato da Beatrice, da santa Lucia e dalla Madonna; tre donne che lo invocano e vogliono che lui intraprenda quel cammino. Appena Dante sente che tre donne lo hanno chiamato, gli si smuove subito una cosa dentro; e nel II canto dell'*Inferno* dice una delle similitudini piú belle della *Divina Commedia*:

> *Quali fioretti, dal notturno gelo*
> *chinati e chiusi, poi che 'l sol li 'mbianca,*
> *si drizzan tutti aperti in loro stelo,*
> *tal mi fec' io di mia virtude stanca...*

Non voglio fare facili allusioni, ma è un fatto di una straordinaria forza teologica, virile, umana, carnale, animosa, animalosa, creaturale, e si potrebbe andare avanti a trovare dei termini nuovi. Dante è convinto a iniziare il viaggio dal richiamo della potenza femminile. È un libro tutto al femminile la *Divina Commedia*: il primo dannato che parla è una donna, Francesca; il canto finale è dedicato alla donna per eccellenza, Maria; e tutto il libro è scritto per rivedere gli occhi di una donna: Beatrice.

Dante viveva in un'epoca dove la gente s'ammazzava dalla mattina alla sera, dove trovare una penna per scrivere su un pezzo di carta era un'opera da leoni. E per di piú era in esilio, quindi ricercato e condannato a morte. Come sia riuscito a mettere insieme un tale poema in mezzo a tanta avversità è davvero un mistero. Si divertiva anche molto. In gioventú faceva sonetti goliardici con i suoi amici, gente dello stampo di Forese Donati, Cecco Angiolieri, Guido Cavalcanti e Cino da Pistoia. Con Forese Donati scambiò una tenzone in sei sonetti, tre per ciascuno, dove i due poeti si rinfacciavano a vicenda difetti e bassezze di ogni tipo, utilizzando espressioni gergali e scurrili. L'amicizia tra i due, interrotta dalla morte precoce di Forese, è confermata dal loro incontro che Dante narra nei canti XXIII e XXIV del *Purgatorio*.

Ecco un'altra invenzione straordinaria. Nei canti finiscono personaggi della Bibbia, della mitologia o della storia, ma anche contemporanei di Dante. È come se io oggi scrivessi un poema e ci mettessi dentro Nerone mentre parla con Caligola e Bertinotti. Benedetto Croce diceva che la storia è sempre la storia dell'attualità, si parla sempre del presente. Dunque, per far capire un fatto accaduto, non sarà anacronistico prendere esempi dal presente accostandoli a quelli del passato. Potrei davvero prendere, che so, Dell'Utri e metterlo a discutere con Mosè e con Cleopatra.

– Ah, ma te, con quelle tavole…

– Eh, ma Cleopatra è proprio una prostituta… Ha fatto l'amore con un sacco di uomini…

– Ah, allora te, con la mafia… che hai avuto gli appalti…

Si rimane sbalorditi, e ci si chiede come abbia fatto Dante a rendere credibile e poetico tutto questo.

Un altro esempio al riguardo si trova nel III canto dell'*Inferno*, in mezzo agli ignavi:

> E io, che riguardai, vidi una 'nsegna
> che girando correva tanto ratta,
> che d'ogne posa mi parea indegna;
>   e dietro le venía sí lunga tratta
> di gente, ch'i' non averei creduto
> che morte tanta n'avesse disfatta.
>   Poscia ch'io v'ebbi alcun riconosciuto,
> vidi e conobbi l'ombra di colui
> che fece per viltade il gran rifiuto.

Qualcuno dice che l'ombra di cui si parla sia Ponzio Pilato, che si lavò le mani rifiutandosi di scegliere chi condannare tra Cristo e Barabba. La maggioranza di quelli che se ne intendono dice invece che si tratta di Celestino V, il papa predecessore di Bonifacio VIII.

Celestino V era un papino bellino. Si chiamava Pietro da Morrone, era nato in Molise e viveva da eremita. Poiché nella Chiesa dilagava la corruzione, a un cardinale venne in mente di far papa quel sant'uomo. Bonifacio, che voleva il potere a tutti i costi, vide arrivare 'sto vecchietto ed escogitò un trucco per spaventarlo e mandarlo via; gli appariva ogni notte, vestito da angelo con una tromba in mano, e gli diceva con voce roboante:

– Pietro da Morrone! Sono l'angelo dell'Apocalisse! Devi lasciare il papato a un altro! Va' via, solo cosí ti salverai!

Tutte le notti cosí. Il poveretto, un po' perché soffocato dalle pretese dei vari re, un po' per i tiri di Bonifacio, a un certo punto lasciò il soglio papale. Era la prima volta che avveniva nella storia del papato, e da allora non si è piú verificato. Bonifacio prese cosí il potere. Non contento, fece ammazzare Celestino, che Dante piazza tra gli ignavi perché dal suo rifiuto venne tutto il male incarnato da Bonifacio. Compreso il proprio esilio, visto che Bonifacio VIII, simpatico com'era, s'era alleato con Corso Donati, il peggio che c'era a Firenze, una bestia che stuprava chiunque gli capitasse davanti e che se gli passava accanto un cavallo lo sventrava.

Noi oggi la diamo per scontata, ma prima di Dante la terzina non esisteva. L'ha inventata lui, unita allo stratagemma di inserire alla fine un quarto verso che chiude ogni canto. Il titolo, lo sanno tutti, in origine era semplicemente *Commedia*. L'aggettivo *Divina* fu aggiunto in un secondo momento, nel Cinquecento, e suona anche un po' buffo, come se dicessimo *Gli strepitosi promessi sposi*.

Comunque, Dante l'aveva intitolata *Commedia* – nel senso di «bassa» – sia perché per scriverla ha usato il volgare sia perché dentro non c'è mai lo stile tragico: ci sono il comico e il non-comico, ma mai il tragico. In alcuni passi, come nel XXI e nel XXII canto dell'*Inferno*, c'è addirittura l'avanspettacolo. L'*Inferno* non è mai orribile. Solo in un canto lo è, nel IV, dove c'è il limbo, il castello dalle sette mura, dove non succede niente e tutto è colmo dell'assenza di Dio. Quello sí che fa paura, è un incubo, ma le altre parti dell'*Inferno* non sono mai da incubo; è un posto dove succedono delle brutte cose, ma non è un brutto posto.

Il IV, perciò, è il canto piú pauroso. Siamo nel primo cerchio, nel limbo, e Dante si è appena risvegliato al rumore di un tuono dal sonno in cui era caduto nel canto precedente. Apre gli occhi e cerca di capire dove si trova.

> *Ruppemi l'alto sonno ne la testa*
> *un greve truono, sí ch'io mi riscossi*
> *come persona ch'è per forza desta;*

> *e l'occhio riposato intorno mossi,*
> *dritto levato, e fiso riguardai*
> *per conoscer lo loco dov'io fossi.*

Non osa, però, chiedere niente a Virgilio. Nel III canto, infatti, gli faceva continuamente domande: e cos'è questo, e cos'è quello, e dove porta quella strada, e quello chi è... Non potendone piú, Virgilio gli aveva intimato di star zitto e buono. Dante, che è permaloso, si offende e non gli chiede piú nulla, perciò, sarà Virgilio a spiegargli le cose spontaneamente.

> *«Or discendiam qua giú nel cieco mondo»,*
> *cominciò il poeta tutto smorto:*
> *«io sarò primo, e tu sarai secondo».*

E meno male che Virgilio gli dice cosí. Con la paura che Dante ha addosso, figuriamoci se avesse dovuto andare avanti lui...

> *Quivi, secondo che per ascoltare,*
> *non avea pianto mai che di sospiri,*
> *che l'aura etterna facevan tremare;*
> *   ciò avvenia di duol sanza martíri*
> *ch'avean le turbe, ch'eran molte e grandi,*
> *d'infanti e di femmine e di viri.*

E si ritrovano davanti a una spianata immensa piena di uomini, donne, bambini. Sospirano tutti insieme. Pensate che angoscia... In mezzo ci sono eroi, studiosi, dotti, sapienti della filosofia, della matematica, delle scienze. E qui sono come sospesi, perché non sono stati illuminati dalla luce della vera fede: Omero, Orazio, Ovidio, Lucano... E poi

Ettore, Enea, Giulio Cesare, Aristotele, Socrate, Platone, Euclide...

È gente che non ha ricevuto il battesimo, non ha altra colpa. E il limbo è il posto in cui anche Virgilio è condannato a stare per l'eternità, in attesa di una speranza che non arriverà mai.

Dante sentiva che l'amore, quello vero, era sconosciuto, e avrebbe voluto vederlo, come in fondo lo vedrà, coi propri occhi. E qui c'è un'altra invenzione: nel V canto dell'*Inferno*, quello di Paolo e Francesca, per descrivere un personaggio prende solo un momento della sua vita. Un'idea che mi ha sempre affascinato; un solo momento della sua vita e quel personaggio è scolpito per l'eternità. Per Paolo e Francesca Dante sceglie il momento in cui i due non sapevano ancora di essere innamorati e vengono trafitti dall'amore. E quell'attimo rimarrà inciso per sempre.

Questi amanti lui li invidia sebbene siano nell'Inferno, vorrebbe essere al loro posto, perché sono morti per amore. E nel V canto nomina l'amore continuamente. Mentre Francesca parla in un monologo lunghissimo e noi soffriamo con lei tutto il tempo, Paolo, che è lí accanto, non parla mai; il nostro poeta lo liquida – lo dico in senso sublime – alla fine con metà di un verso. Francesca parla e piange, e Dante scrive:

> *Mentre che l'uno spirto questo disse,*
> *l'altro piangea sí che di pietade*
> *io venni men cosí com'io morisse.*
> *E caddi come corpo morto cade.*

Ma quando si legge: «l'altro piangea», il cuore sobbalza. Dante vuol sapere come hanno fatto quei due a capire di essere innamorati, è una cosa che interessa a lui in prima persona, e lo chiede proprio: come accadde che voi vi scopriste innamorati? E Francesca dice:

> *Quando leggemmo il disiato riso*
> *esser baciato da cotanto amante,*
> *questi, che mai da me non fia diviso,*
> *la bocca mi basciò tutto tremante.*

Ma queste sono cose dove non basta applaudire: qui ci si spoglia e si fa l'amore con un tavolo, dalla bellezza. Sono versi che lasciano perplessi. La bellezza fa spavento! E la frase: «la bocca mi basciò tutto tremante», potrebbe essere stata scritta oggi. È uno degli endecasillabi piú belli di tutta la storia della poesia mondiale.

Ora, nel canto di Paolo e Francesca si sente molto forte la sensualità di cui parlavo prima. E Dante non li giudica, non si antepone a Dio né si mette al suo posto; sente che il giudizio di Dio è indecifrabile per la mente umana. Non si può dimostrare l'esistenza di Dio col cervello, non è l'organo adatto. È come sentire il sapore del sale col naso: non è l'organo adatto. Dante ci dice che a Dio non importa niente di quello che pensiamo noi, e questo ce lo insegna anche il libro di Giobbe, nella Bibbia, quando Giobbe dice: «Egli stende il settentrione sopra il vuoto, tiene sospesa la terra sopra il nulla». Qualcuno sostiene che nella Bibbia ci sia tutta l'astronomia sbagliata; ma perché, una frase come questa non ha già risolto tutta l'astronomia? Ha detto come è fatto l'universo. «Tiene sospesa la terra sopra il nulla» vuol dire che la nostra vita è un enigma. Ecco perché i grandi libri durano, perché squarciano il buio e ci fanno vedere che cosa siamo, all'improvviso. L'*Iliade* ci dice che tutta la vita è una battaglia, l'*Odissea* che tutta la vita è un viaggio, il libro di Giob-

be che tutta la vita è un enigma e la *Divina Commedia* che
tutta la vita è desiderio. E amore, anche. E quale idea potrebbe essere piú magnifica, piú semplice, piú infantile e perfino
piú demoniaca se si vuole; perché l'amore fa anche terrore,
l'amore è sempre rivoluzionario, fa una paura tremenda.
Quindi la *Divina Commedia* è un libro di una forza e di un
terrore raccapriccianti, oltre che di una bellezza scandalosa.

Il viaggio dei due poeti continua. Il VI canto li vede nel
terzo cerchio, in mezzo ai golosi. A un certo punto:

> *Noi passavam su per l'ombre che adona*
> *la greve pioggia, e ponavam le piante*
> *sovra lor vanità che par persona.*
>
> *Elle giacean per terra tutte quante,*
> *fuor d'una ch'a seder si levò, ratto*
> *ch'ella ci vide passarsi davante.*
>
> *«O tu che se' per questo 'nferno tratto»,*
> *mi disse, «riconoscimi, se sai:*
> *tu fosti, prima ch'io disfatto, fatto».*
>
> *E io a lui: «L'angoscia che tu hai*
> *forse ti tira fuor de la mia mente,*
> *sí che non par ch'i' ti vedessi mai.*
>
> *Ma dimmi chi tu se' che 'n sí dolente*
> *loco se' messo e hai sí fatta pena,*
> *che, s'altra è maggio, nulla è sí spiacente».*
>
> *Ed elli a me: «La tua città, ch'è piena*
> *d'invidia sí che già trabocca il sacco,*
> *seco mi tenne in la vita serena.*
>
> *Voi cittadini mi chiamaste Ciacco:*
> *per la dannosa colpa de la gola,*
> *come tu vedi, a la pioggia mi fiacco.*
>
> *E io anima trista non son sola,*

ché tutte queste a simil pena stanno
per simil colpa». E piú non fé parola.

Immaginate quando la gente all'epoca leggeva la *Comme-dia* e spuntava fuori un nuovo personaggio senza che Dante ne facesse il nome. Tutti a chiedersi: e chi sarà mai? Poi Dante lo nominava, e si scopriva che era un loro conoscente.

– Madonna bona! È Ciacco!

– Come Ciacco?

– Sí, ha messo Ciacco all'Inferno. Il figliolo dell'Emma, quella che stava a via de' Pecci.

– No!… Oh, mamma… Certo, goloso era goloso… mangiava, eh!

In effetti Dante non lo conosceva personalmente. Su Ciacco sono state fatte parecchie ricerche, ma non si sa ancora bene chi sia. È citato perfino in una novella del *Decameron* di Boccaccio, al nono giorno, e di lui Boccaccio dice che gli piaceva mangiare da morire e che non perdeva neppure uno dei pranzi o delle cene cui veniva invitato, e nemmeno uno di quelli cui non veniva invitato. Però era simpatico. Famoso a Firenze perché, appena vedeva che si allestiva un banchetto, subito si presentava:

– Eccomi qua! M'avevi detto di venire, no?

– Veramente no…

– Vabbe', mi sarò sbagliato… Giacché sto qui, ormai, rimango…

Dante allora ne approfitta per chiedere a Ciacco – che essendo morto dovrebbe sapere quello che accadrà in futuro – cosa ne sarà di Firenze e delle lotte tra guelfi e ghibellini, e Ciacco gli risponde con un vaticinio sui fatti che accadranno dopo il 1300. Un espediente narrativo spettacolare, perché Dante è già in esilio; ha cominciato a scrivere la *Commedia* nel 1306-307, ma l'ha ambientata nel 1300, dunque finge di

non essere al corrente di nulla al momento della stesura, e
per i suoi contemporanei passa come un profeta. Cosí i lettori del suo tempo hanno letto una profezia per bocca di Ciacco che poi si è avverata sul serio.

– Puttana miseria! Ma 'sto Dante sapeva già tutto! Oh,
mamma... c'è stato davvero in quei posti... È accaduto esattamente quello che gli ha detto Ciacco!

Correva addirittura voce che Dante avesse delle brucia-
ture alle mani, riportate durante la visita all'Inferno.

È come se io scrivessi oggi una cosa datandola nel 1885
e affermassi: «In Italia arriverà un piccino da Arcore...
Piglierà il potere... non ci sarà verso di fermarlo... Si met-
terà una bandana... Vallo a fermare, quel bischero... E arriverà uno su una bicicletta da Bologna per fermarlo, ma
lui lo rivince... Poi quello sulla bicicletta da Bologna rivince lui...»

E uno dice: – Puttana miseria... il Benigni sapeva già ogni
cosa...

Il bello è che Dante questo gioco lo realizza utilizzando
un personaggio popolare, non un protagonista della Storia.
Ecco la grandezza.

Il VII canto dell'*Inferno* si apre con la figura di Pluto, Plutone, messo a guardia del cerchio degli avari e dei prodighi.
I guardiani dell'Inferno di Dante sono tutti mastodontici,
crudeli, spaventosi, ma anche un po' imbecilli. La loro im-
ponenza è grottesca. Plutone è mostruoso: sta sempre nel
buio dell'Inferno immerso nella melma e nelle puzze, ed è
anche un po' scemo, forse perché non vede mai la luce del
Sole né scambia quattro chiacchiere con qualcuno.

È uno dei canti piú duri, aperto da uno degli endecasillabi piú famosi, sul quale gli studiosi si sono scervellati per secoli facendo mille ipotesi ma senza venirne a capo. Per me,

la frase ha un senso esclusivamente sonoro, musicale: molto banalmente, a Dante serviva la rima in *eppe*.

A seconda dell'argomento da trattare, il nostro poeta scrive di conseguenza: se un canto è scivoloso, compone versi scivolosi; se in un canto ci sono l'acqua e la serenità, compone versi sereni; se un canto è duro, fa le rime dure. E qui sono durissime, aspre, sgradevoli.

Si comincia appunto con la rima in *eppe*: «aleppe-seppe»; in *occia*, sicuramente non facile come rima: «chioccia-noccia-roccia»; e ancora «abbia-labbia-rabbia»; «lupo-cupo-strupo»; «fiacca-lacca-insacca»; «viddi-Cariddi-riddi»; «urli-pur lí-burli». Rime orrende, disarmoniche com'è disarmonico il canto e il peccato commesso da chi è costretto in questo cerchio.

> «Pape Satàn, pape Satàn aleppe!»,
> *cominciò Pluto con la voce chioccia;*
> *e quel savio gentil, che tutto seppe,*
>
> *disse per confortarmi:* «*Non ti noccia*
> *la tua paura; ché, poder ch'elli abbia,*
> *non ci torrà lo scender questa roccia».*
>
> *Poi si rivolse a quella 'nfiata labbia,*
> *e disse:* «*Taci, maladetto lupo!*
> *consuma dentro te con la tua rabbia.*
>
> *Non è sanza cagion l'andare al cupo:*
> *vuolsi ne l'alto, là dove Michele*
> *fé la vendetta del superbo strupo».*
>
> *Quali dal vento le gonfiate vele*
> *caggiono avvolte, poi che l'alber fiacca,*
> *tal cadde a terra la fiera crudele.*
>
> *Cosí scendemmo ne la quarta lacca,*
> *pigliando piú de la dolente ripa,*
> *che 'l mal de l'universo tutto insacca.*

> *Ahi giustizia di Dio! tante chi stipa*
> *nove travaglie e pene quant'io viddi?*
> *e perché nostra colpa sí ne scipa?*
>   *Come fa l'onda là sovra Cariddi,*
> *che si frange con quella in cui s'intoppa,*
> *cosí convien che qui la gente riddi.*
>   *Qui vidi gente piú ch'altrove troppa,*
> *e d'una parte e d'altra, con grand'urli,*
> *voltando pesi per forza di poppa.*
>   *Percotëansi 'ncontro; e poscia pur lí*
> *si rivolgea ciascun, voltando a retro,*
> *gridando: «Perché tieni?» e «Perché burli?»*

Piú avanti:

>   *E io: «Maestro, tra questi cotali*
> *dovre' io ben riconoscere alcuni*
> *che furo immondi di cotesti mali».*
>   *Ed elli a me: «Vano pensiero aduni:*
> *la sconoscente vita che i fé sozzi,*
> *ad ogne conoscenza or li fa bruni.*
>   *In etterno verranno a li due cozzi;*
> *questi resurgeranno del sepulcro*
> *col pugno chiuso, e questi coi crin mozzi.*
>   *Mal dare e mal tener lo mondo pulcro*
> *ha tolto loro, e posti a questa zuffa:*
> *qual ella sia, parole non ci appulcro [...]».*

Si è molto disquisito sulla questione degli averi. Allora
si discuteva se il vestito di Cristo fosse di Cristo o no, se
Gesú possedesse qualcosa dal momento che, come riporta-
no i Vangeli, per seguire il figlio di Dio bisognava lasciare
tutto, e tanti non volevano andare con lui per questa ragio-

ne. Gesú aveva una visione a volte difficile da interpretare,
ma sempre sorprendente. Nel Vangelo secondo Giovanni,
ad esempio, va a Betania e si ferma con Giuda, Giovanni e
Giacomo a casa di Marta e Maria. E mentre Marta prepara
da mangiare, Maria fa un gesto bellissimo: siccome sa – perché le cose si sentono – che Gesú non ha ancora tanto da
campare, va a pigliare uno stupendo vaso di alabastro pieno
di nardo, un profumo raro e prezioso che costava davvero
l'ira di Dio, e lo svuota sui piedi di Cristo.

Giuda, che era l'amministratore degli apostoli, ha un sussulto: – Che fai, Maria?… Buttare via una cosa cosí prezio-
sa… Potevamo venderla e ricavarne i soldi per i poveri.

E Gesú: – No, i poveri li avrete sempre con voi. Io invece ci sono solo ora.

Cristo aveva vissuto quel gesto come un momento non
dico di lusso, perché parlare di lusso a proposito di Gesú è
fuori luogo, ma di bellezza, di generosità. Maria poi gli asciu-
ga i piedi con i propri capelli: la parte piú alta della donna va
ad asciugare la parte piú bassa di Cristo. È un esempio in cui
si ritrova tutta l'umanità, di una bellezza che sorprende e im-
pressiona.

E Cristo ne fa tante… Se si rilegge il Vangelo secondo
Marco, c'è da morir dal ridere nello scoprire il primo miracolo che fa Gesú. Cristo amava la vita, come tutti i piú grandi rivoluzionari. A parte che beve sempre il vino (mi pare di
aver letto che ha bevuto l'acqua una volta sola), il primo miracolo che fa nel Vangelo di Marco è che va con Pietro e suo
fratello Andrea a casa loro: devono parlare, ma Gesú ha fame. Il corpo e l'anima non sono separati, sono la stessa cosa. La suocera di Pietro però è a letto malata, e Gesú chiede: – Pietro, sei sicuro che sia malata?

– Certo che sono sicuro.

– Va' un po' a vedere.

Pietro va di là e trova la suocera in piedi: sta benissimo, e adesso può preparare da mangiare per tutti.

Il primo miracolo che fa Gesú è a una suocera... alla suocera di Pietro. Non lo leggono mai questo passo, i preti. A una suocera, per farsi preparare da mangiare. Pensate alla semplicità di quell'uomo.

Dopo una sequenza di immagini e suoni durissimi, Dante però nomina Dio, e allora le rime cambiano, diventano dolci e morbide, dànno serenità: «trascende-splende»; «conduce-luce». Le terzine che riguardano Dio mutano totalmente registro.

> *Colui lo cui saver tutto trascende,*
> *fece li cieli e diè lor chi conduce*
> *sí, ch'ogne parte ad ogne parte splende,*
>   *distribuendo igualmente la luce.*
> *Similemente a li splendor mondani*
> *ordinò general ministra e duce*
>   *che permutasse a tempo li ben vani*
> *di gente in gente e d'uno in altro sangue,*
> *oltre la difension d'i senni umani;*
>   *per ch'una gente impera e l'altra langue,*
> *seguendo lo giudicio di costei,*
> *che è occulto come in erba l'angue.*

Tanti hanno creduto che, ultimato il VII canto, Dante avesse interrotto la stesura del poema. Lo stesso Boccaccio lo riteneva possibile, perché i primi sette canti della *Commedia* furono ritrovati in un baule nella casa di Dante a Firenze. L'*incipit* del canto successivo, «Io dico, seguitando», confermerebbe questa teoria, come se il poeta avesse ripreso un discorso sospeso molto tempo prima.

Io dico, seguitando, ch'assai prima
che noi fussimo al piè de l'alta torre,
li occhi nostri n'andar suso a la cima
    per due fiammette che i vedemmo porre,
e un'altra da lungi render cenno,
tanto ch'a pena il potea l'occhio tòrre.
    E io mi volsi al mar di tutto 'l senno;
dissi: «Questo che dice? e che risponde
quell'altro foco? e chi son quei che 'l fenno?»
    Ed elli a me: «Su per le sucide onde
già scorgere puoi quello che s'aspetta,
se 'l fummo del pantan nol ti nasconde».
    Corda non pinse mai da sé saetta
che sí corresse via per l'aere snella,
com'io vidi una nave piccioletta
    venir per l'acqua verso noi in quella,
sotto 'l governo d'un sol galeoto,
che gridava: «Or se' giunta, anima fella!»
    «Flegïàs, Flegïàs, tu gridi a vòto»,
disse lo mio segnore, «a questa volta:
piú non ci avrai che sol passando il loto».

I due poeti si trovano ora al principio del basso Inferno, dove c'è la città di Dite, e Dite è sinonimo di Satana. Al loro arrivo vengono poste due fiammelle su una torre, perché sono scambiati per due morti nuovi. Poi spunta uno che è venuto a prenderli: si chiama Flegïàs. E tutto questo è raccontato con una tecnica che non ha nulla da invidiare alle sceneggiature moderne. Dante si rivolge a Virgilio:

– Ma che sono quelle due fiamme che hanno messo sulla torre?

E l'altro: – Se tu guardi sull'acqua te ne accorgi senza che
io te lo spieghi.

E sbuca Flegïàs, che è come Caronte; ha solo il compito
di portare le ombre nella «morta gora» degli iracondi, in mezzo ai quali c'è un conoscente di Dante Alighieri:

> *Mentre noi corravam la morta gora,*
> *dinanzi mi si fece un pien di fango,*
> *e disse: «Chi se' tu che vieni anzi ora?»*
> *   E io a lui: «S'i' vegno, non rimango;*
> *ma tu chi se', che sí se' fatto brutto?»*
> *Rispuose: «Vedi che son un che piango».*
> *   E io a lui: «Con piangere e con lutto,*
> *spirito maladetto, ti rimani;*
> *ch'i' ti conosco, ancor sie lordo tutto».*

Dante l'ha riconosciuto questo dannato, e non gli piace
per niente. Si è sempre rivolto con rispetto e dolcezza a tutte le ombre che ha incontrato finora, invece questa qui la in-
sulta malamente:

– Quanto sei brutto! Mi fai schifo, diavola di tua madre
e di tua sorella!

> *«[...] Quei fu al mondo persona orgogliosa;*
> *bontà non è che sua memoria fregi:*
> *cosí s'è l'ombra sua qui furïosa.*
> *   Quanti si tegnon or là sú gran regi*
> *che qui staranno come porci in brago,*
> *di sé lasciando orribili dispregi!»*
> *   E io: «Maestro, molto sarei vago*
> *di vederlo attuffare in questa broda*
> *prima che noi uscissimo del lago».*

> *Ed elli a me: «Avante che la proda*
> *ti si lasci veder, tu sarai sazio;*
> *di tal disïo convien che tu goda».*
> *Dopo ciò poco vid'io quello strazio*
> *far di costui a le fangose genti,*
> *che Dio ancor ne lodo e ne ringrazio.*
> *Tutti gridavano: «A Filippo Argenti!»*

Filippo Argenti allora lo conoscevano tutti, ed era noto come un bischero di prima categoria. Era uno che stava a Firenze, lo dice anche Boccaccio, ed era un arricchito. Si chiamava Argenti perché ferrava d'argento i suoi cavalli, e aveva un grande potere in Comune. Filippo Argenti Cavicciuri degli Ademari, famiglia dei guelfi neri. Ladri, ma ladri... Quando passava con il cavallo, l'Argenti stava in sella a gambe larghe, e tutti quelli che gli camminavano accanto li colpiva a calci. Avevano presentato un esposto in Comune perché Filippo Argenti andasse a cavallo a gambe strette: niente da fare. A un certo punto Dante entra in politica, diventa priore, e scopre un caso di corruzione in cui l'Argenti era implicato.

Il bischero va da lui e gli dice: – Dante, scusa... tu che sei priore... vedi di aiutarmi, di coprirmi...

Dante allora si riunisce con gli altri priori, e invece di fargli dare due anni di condanna come era stato stabilito, gliene fa dare sei piú l'esilio.

Appena lo viene a sapere, Filippo Argenti aspetta che Dante esca dalla riunione dei priori, gli si piazza davanti e gli dice: – E tu saresti un poeta? – e gli molla un ceffone.

Secondo me, Dante andò subito a casa e cominciò a scrivere la *Divina Commedia* da questo canto qui: – Ora lo vedi dove ti sbatto, caro Filippo Argenti...

Argenti era tremendo, uno stupratore di donne: ma era

protetto e non ci fu verso di mandarlo in esilio. Invece disse delle falsità contro Dante al momento della condanna all'esilio del poeta. Dante era una persona intelligente, moralmente integra, piena di passioni, ma non era affatto furbo. E quando fu esiliato, Argenti si impadroní dei suoi beni. Dante lo odiava, e come lui odiava tutti quelli tronfi, gli imbecilli che hanno il potere, che corrompono e non c'è verso di fermarli.

> *Io vidi piú di mille in su le porte*
> *da ciel piovuti, che stizzosamente*
> *dicean: «Chi è costui che sanza morte*
>   *va per lo regno de la morta gente?»*
> *E 'l savio mio maestro fece segno*
> *di voler lor parlar segretamente.*
>   *Allor chiusero un poco il gran disdegno*
> *e disser: «Vien tu solo, e quei sen vada,*
> *che sí ardito intrò per questo regno.*
>   *Sol si ritorni per la folle strada:*
> *pruovi, se sa; ché tu qui rimarrai,*
> *che li ha' iscorta sí buia contrada».*

Dante vede che ci sono migliaia di diavoli che non lo vogliono fare entrare nella città di Dite, e che scatenano in lui una paura devastante. Questi diavoli che tanto lo spaventano – e il poeta ha paura sin dal primo canto, da quando ha detto «Nel mezzo del...» – dicono a Virgilio che lui può avvicinarsi per parlare con loro, ma Dante deve andarsene, non ce lo vogliono. Immaginatevi Dante: dovrebbe tornare indietro, rifare tutta la laguna dello Stige, passare per Filippo Argenti, gli iracondi, ritrovare Cerbero e Caronte, da solo. Terrorizzato, si rivolge al lettore, ed è la prima volta:

> *Pensa, lettor, se io mi sconfortai*
> *nel suon de le parole maladette,*
> *che non credetti ritornarci mai.*

Poi si rivolge a Virgilio, e non l'ha mai fatto in maniera
cosí sdolcinata:

> *«O caro duca mio, che piú di sette*
> *volte m'hai sicurtà renduta e tratto*
> *d'alto periglio che 'ncontra mi stette,*
> *   non mi lasciar», diss'io, «cosí disfatto;*
> *e se 'l passar piú oltre ci è negato,*
> *ritroviam l'orme nostre insieme ratto».*

– Virgilio, caro duca mio che ti voglio tanto bene, che
tante volte m'hai dato sicurezza e m'hai tirato fuori dai pe-
ricoli, non mi lasciare, non dargli retta a quelli. Non vorrai
mica andare con loro? E se non vogliono che andiamo avanti, torniamo subito indietro noi, ma insieme! Tanto la strada non è mica tanto lunga… Io sette cerchi li ho già visti, ho
un monte di roba da scrivere… Con quello che ho visto finora ci scrivo un poema che è la fine del mondo… mi basta
cosí. Sono anche un po' stanco… ho una stanchezza che non
mi reggo in piedi… Perché non torniamo indietro?

> *E quel segnor che lí m'avea menato,*
> *mi disse: «Non temer; ché 'l nostro passo*
> *non ci può tòrre alcun: da tal n'è dato.*
> *   Ma qui m'attendi, e lo spirito lasso*
> *conforta e ciba di speranza buona,*
> *ch'i' non ti lascerò nel mondo basso».*
> *   Cosí sen va, e quivi m'abbandona*

lo dolce padre, e io rimagno in forse,
che sí e no nel capo mi tenciona.
    Udir non potti quello ch'a lor porse;
ma ei non stette là con essi guari,
che ciascun dentro a pruova si ricorse.
    Chiuser le porte que' nostri avversari
nel petto al mio segnor, che fuor rimase
e rivolsesi a me con passi rari.
    Li occhi a la terra e le ciglia avea rase
d'ogne baldanza, e dicea ne' sospiri:
«Chi m'ha negate le dolenti case!»

Dante ha una severità impressionante, ma anche un fa-
voloso registro comico. Tra lui e Virgilio c'è una grande amicizia, un sentimento forte, come l'amore, ugualmente miste-
rioso, indecifrabile. Ma a un certo punto, proprio in questo
VIII canto, Virgilio da amico si trasforma in spalla, come in
uno spettacolo moderno, e lui e Dante diventano due comici, come Stanlio e Ollio. Hanno davvero le stesse caratteri-
stiche di Stan Laurel e Oliver Hardy. E la narrazione fa morire dal ridere: c'è un Dante tremebondo che, pur investi-
to da Dio, dalla Madonna, da santa Lucia, da Beatrice, da
tutti i santi e dal suo poeta preferito, all'Inferno proprio
non ci vuole andare. E ha una paura da bestie. Virgilio fa
Ollio, quello che dice: «Non ti preoccupare, sistemo io la
cosa!» Va là e la combina peggio; e torna indietro che ha
rovinato tutto; e torna proprio con la faccia da Ollio. Sono
parecchi i passaggi che si svolgono con la stessa meccanica
di uno sketch. Il tutto all'interno di uno scenario descritto
come se Dante avesse preso Lsd. Altro che ecstasy; acido li-
sergico, proprio!
    L'VIII è un canto che fa ridere perché Dante Alighieri

entra in gioco con il corpo, e la paura e i sentimenti interagiscono con la fisicità, tutti ingredienti base della commedia. Napoleone, quando arrivava un generale con la faccia appesa a dargli una cattiva notizia, gli diceva: «Si segga!» E siccome avevano sempre tutti il culone, le spade, gli stemmi, le giacche lunghe, il generale nel sedersi s'impicciava. Allora Napoleone si metteva a ridere e la tragedia si chiudeva lí; poi la battaglia andava a finire bene perché lui era di buon umore. Ecco, ogni volta che viene fuori la fisicità torna la commedia, torna l'umanità, torna il basso, che poi è uguale all'alto, non c'è nessuna differenza.

Secondo la mitologia greca, quando fu creato il mondo c'era il cielo, Urano. E c'era la terra, Gea. Infatuato di lei, Urano volle fare l'amore con Gea, e siccome lei era generatrice di cose, ci faceva l'amore continuamente. Cosí, ebbero un monte di figli.

Gea però, stufa di fare l'amore e di partorire, prese uno di questi figli, Crono, gli dette un falcetto e gli disse: – Per carità, fa' qualcosa col babbo, io non ne posso piú.

Mentre Urano dormiva, Crono prese il falcetto e lo evirò, gli tagliò proprio tutta l'azienda al suo babbo. Dopodiché, prese i genitali del padre e li gettò giú dal cielo. I poveri resti caddero in mare, ma tre gocce del sangue del dio del mondo precipitarono sulla terra, dando vita alle tre Erinni (le Furie per i Romani): Aletto, l'incessante, cioè il senso di colpa; Megera, l'odio, l'invidia aggressiva; Tesifone, la vendetta. Le Erinni sorvolavano il mondo cercando di far capire agli uomini quanto fossero orrendi i sentimenti che incarnavano, ma lo facevano ricorrendo a metodi orribili e dunque fallendo. Nei rari casi in cui invece riuscivano nel loro intento, cambiavano nome e venivano identificate come Eumenidi.

Le Erinni si unirono a una delle Gorgoni, divinità nate

dall'unione del mostro marino Ceto con un altro mostro che si chiamava Forco, che nessuna voleva per quanto era brutto. Ceto, invece, con Forco ci fece l'amore e generò le tre Gorgoni. Brutte da morire, talmente brutte che chiunque le guardasse diventava di pietra (ecco perché si dice «rimanere di sasso»). Una sola delle tre, l'unica mortale, era bellissima: Medusa. Tanto bella che Poseidone ci fece l'amore e la mise incinta nel tempio di Atena, la quale si arrabbiò e, anziché punire Poseidone, punì Medusa, trasformandole i capelli in serpenti e facendola diventare la piú brutta delle tre Gorgoni.

Questi miti furono utilizzati da Dante nel IX canto. Dice Virgilio:

«Guarda», mi disse, «le feroci Erine.
    Quest'è Megera dal sinistro canto;
quella che piange dal destro è Aletto;
Tesifòn è nel mezzo»; e tacque a tanto.
    Con l'unghie si fendea ciascuna il petto;
battíensi a palme, e gridavan sí alto,
ch'i' mi strinsi al poeta per sospetto.
    «Vegna Medusa: sí 'l farem di smalto»,
dicevan tutte riguardando in giuso:
«mal non vengiammo in Tesëo l'assalto».

Qualcuno ricorderà che Medusa fu uccisa da Perseo con uno stratagemma: Atena aveva dotato Perseo di uno scudo di specchio, cosí lui, guardando la Gorgone attraverso lo specchio – ed evitando lo sguardo che l'avrebbe trasformato in pietra – le tagliò la testa. E a Firenze, in piazza della Signoria, c'è una statua meravigliosa realizzata da Benvenuto Cellini, che raffigura Perseo mentre tiene in mano la testa di Medusa dalla quale gocciola del sangue. Da quel sangue, caduto in terra, nacque Pegaso. Artista straordinario, Benvenuto Cellini; anzi, *Welcome* Cellini, come hanno scritto dei produttori americani sulla copertina di una sceneggiatura che mi avevano proposto...

Il canto successivo, il X, è il canto degli eretici. All'epoca di Dante l'eresia era molto sentita; dall'Oriente erano arrivate delle cose un po' da scisma, e dopo le crociate il pensiero eretico aveva cominciato a diffondersi: erano nati i patarini, i valdesi, gli albigesi. Questi ultimi, perseguitati dalla Chiesa, si rifugiarono a Béziers, in Francia, dove si nascosero mischiandosi alla popolazione. Al legato pontificio che si era recato lí per stanarli, fu chiesto:
– E come si fa a riconoscerli? È impossibile, qui ci sono tanti cattolici.
E il legato del papa: – Semplice! Ammazzateli tutti, poi Dio riconoscerà i suoi...
Il X è uno dei canti piú straordinari di tutto il poema, dove lo stile, la poesia, l'altezza espressiva, il senso del dolore e della grandezza sono all'apice.

> *Subitamente questo suono uscío*
> *d'una de l'arche; però m'accostai,*
> *temendo, un poco piú al duca mio.*
> *Ed el mi disse: «Volgiti! Che fai?*
> *Vedi là Farinata che s'è dritto:*
> *da la cintola in sú tutto 'l vedrai».*

Jacopo Manente degli Uberti, detto Farinata perché era biondino, uomo straordinario, capo dei ghibellini, schierati con l'imperatore e ritenuti eretici e sodomiti. I ghibellini all'inizio ebbero la meglio e cacciarono i guelfi, schierati invece con il papa e ritenuti baciapile e ipocriti. Ma avevano una

gestione del potere un po' troppo capitalista, e il popolo si
ribellò. Morto l'imperatore Federico II, protettore dei ghibellini, i guelfi ripresero il potere.

Farinata allora partí per Siena, e con i ghibellini senesi cominciò a ordire contro Firenze. Cosí i guelfi fiorentini deci-
sero di andare a Siena per eliminare i rivali, dando luogo alla famosa battaglia di Montaperti. I guelfi furono massacra-
ti, ma solo perché traditi da uno che si chiamava Bocca degli
Abati, che Dante sbatte all'Inferno coi traditori: Bocca degli Abati aveva tagliato le mani a Jacopo de' Pazzi, che reggeva il gonfalone, e ad altri due o tre che portavano le ban-
diere. Senza piú insegne di riferimento, i guelfi si disorien-
tarono e i ghibellini li fecero a pezzi. Il fiume Arbia si tinse
di rosso per il sangue versato.

Poi i ghibellini andarono a Empoli.

– Che si fa di Firenze? – dissero.

– Bruciamola e radiamola al suolo, – propose qualcuno.
– Che scompaia per sempre dalla faccia della Terra!

Tutti approvarono, tranne Farinata degli Uberti: – No,
Firenze è la mia città. Anche se abbiamo vinto noi, deve rimanere in piedi.

Dunque è grazie a Farinata se Firenze esiste ancora, se
no sarebbe stata rasa al suolo e non sarebbe nato neanche
Dante Alighieri.

Allor surse a la vista scoperchiata
un'ombra, lungo questa, infino al mento:
credo che s'era in ginocchie levata.

Qui siamo al cospetto di Cavalcante Cavalcanti, il padre
di Guido, il migliore amico di Dante. Guido Cavalcanti era
un uomo orgoglioso, bellissimo. Una volta incontrò sulla strada del cimitero il suo nemico Corso Donati.

– Fammi strada, – gli intimò Donati.

E Guido: – Hai ragione… Siamo al cimitero, è casa tua… ti fo strada.

Quello s'incazzò, Cavalcanti fece un balzo, saltò dall'altra parte del muro e si dileguò.

Possedeva una leggerezza sia fisica sia mentale. E sarebbe stato il piú grande poeta del Duecento se non fosse nato Dante Alighieri. Certo che se uno vuole fare il poeta e nasce nello stesso periodo di Dante Alighieri, gli ha detto proprio male. È come se uno che vuole fare il falegname nascesse nello stesso periodo di san Giuseppe…

Guido Cavalcanti era un poeta finissimo. Seguiva quella linea elegiaca lirica che poi con Petrarca influenzerà l'Europa fino al Cinquecento. Nella sua cerchia c'erano poeti come Lapo Gianni, l'Alfani, Frescobaldi, Cino da Pistoia. Dante era povero in canna, mentre quelli erano nobili e ricchi; però qualcuno gli aveva passato dei soldi per studiare, cosa che gli piaceva davvero tanto. Per entrare in questa cerchia di intellettuali molto snob e far vedere che anche lui sapeva fare poesia, scrisse quel famoso sonetto nello stile di Cavalcanti:

Guido, i' vorrei che tu e Lapo ed io
fossimo presi per incantamento,
e messi in un vasel ch'ad ogni vento
per mare andasse al voler vostro e mio,
sí che fortuna od altro tempo rio
non ci potesse dare impedimento,
anzi, vivendo sempre in un talento,
di stare insieme crescesse 'l disio.
E monna Vanna e monna Lagia poi
con quella ch'è sul numer de le trenta
con noi ponesse il buono incantatore:

e quivi ragionar sempre d'amore,
e ciascuna di lor fosse contenta,
sí come i' credo che saremmo noi.

Guido lo lesse e accolse il poeta a braccia aperte.

Dintorno mi guardò, come talento
avesse di veder s'altri era meco;
e poi che 'l sospecciar fu tutto spento,
 piangendo disse:«Se per questo cieco
carcere vai per altezza d'ingegno,
mio figlio ov'è? e perché non è teco?»
 E io a lui:«Da me stesso non vegno;
colui ch'attende là, per qui mi mena
forse cui Guido vostro ebbe a disdegno».
 Le sue parole e 'l modo de la pena
m'avean di costui già letto il nome;
però fu la risposta cosí piena.
 Di súbito drizzato, gridò:«Come
dicesti? "elli ebbe"? non viv'elli ancora?
non fiere li occhi suoi lo dolce lume?»

Il povero Cavalcante Cavalcanti sperava di vedere insieme a Dante il proprio figlio: essendo stata concessa a Dante l'opportunità di scendere da vivo nell'Inferno in virtú del suo ingegno, era certo che anche a Guido fosse stato concesso uguale privilegio. E quanto dolore appena intuisce dalle parole di Dante – «forse cui Guido vostro ebbe a disdegno» – che Guido è morto. C'è da sottolineare che in queste ultime due terzine Dante inserisce una sequenza di rime – «nome», «come», «lume» – che sono tre rime usate da Guido Cavalcanti nella famosa «Donna me prega», poesia difficilissima, innovativa, misteriosa.

Donna me prega, – per ch'eo voglio dire
d'un accidente – che sovente – è fero
ed è si altero – ch'è chiamato amore:
sí chi lo nega – possa 'l ver sentire!
Ed a presente – conoscente – chero,
perch'io no sper – ch'om di basso core
a tal ragione porti canoscenza:
ché senza – natural dimostramento
non ho talento – di voler provare
là dove posa, e chi lo fa creare,
e qual sia sua vertute e sua potenza,
l'essenza – poi e ciascun suo movimento,
e 'l piacimento – che 'l fa dire amare,
e s'omo per veder lo pò mostrare.
In quella parte – dove sta memora
prende suo stato, – sí formato, – come
diaffan da lume, – d'una scuritate
la qual da Marte – vène, e fa demora;
elli è creato – ed ha sensato – nome,
d'alma costume – e di cor volontate.

In ogni caso, Guido non è morto, ma Dante non risponde a Cavalcante e gli fa credere che lo sia. E perché non gli ha detto subito che è vivo? Solo perché si è «imbrogliato»: è convinto che i morti sappiano tutto, dunque pensa che non servirebbe sottolineargli che il figlio è vivo. Invece i morti in questa sezione il presente non lo vedono, come gli spiega Farinata nello stesso canto:

«*Noi veggiam, come quei ch'ha mala luce,*
le cose», *disse*, «*che ne son lontano:*
cotanto ancor ne splende il sommo duce.

Quando s'appressano o son, tutto è vano
nostro intelletto; e s'altri non ci apporta,
nulla sapem di vostro stato umano.
  Però comprender puoi che tutta morta
fia nostra conoscenza da quel punto
che del futuro fia chiusa la porta».

Dante comprende allora l'errore commesso con il povero Cavalcante, cosí prega Farinata di intercedere presso di lui e di spiegargli che prima aveva capito male:

Allor, come di mia colpa compunto,
dissi: «Or direte dunque a quel caduto
che 'l suo nato è co' vivi ancor congiunto;
  e s'i' fui, dianzi, a la risposta muto,
fate i saper che 'l fei perché pensava
già ne l'error che m'avete soluto».

La poesia di Dante è fatta di vette straordinarie, e forse il canto di Ulisse è la piú alta, perlomeno una delle piú famose ed enigmatiche.

I peccatori del XXVI canto sono i consiglieri fraudolenti, quelli furbi, che non vincono a viso aperto. Siccome usano male il libero arbitrio e l'intelligenza, cioè il dono piú grande che Dio abbia fatto agli uomini, il Signore li ha buttati in questo fondo d'Inferno.

Il XXVI è un canto che ha sconvolto generazioni di lettori, che da sempre si chiedono come mai un uomo di cosí grande sagacia come Ulisse sia stato messo nell'Inferno, visto che inseguiva la conoscenza. A me ha sempre dato da pensare il fatto che Dante abbia unito in qualche modo due figure letterarie molto importanti: Primo Levi e il poeta russo Osip Emil'evič Mandel'štam. Entrambi rinchiusi nei luoghi piú infimi che l'uomo potesse concepire, uno nel campo di sterminio di Auschwitz e l'altro in un Gulag in Siberia, cercavano di superare tanto orrore ricorrendo alla *Divina Commedia*: Mandel´štam scrisse un saggio critico sul canto di Ulisse, Levi cercava di spiegare lo stesso canto a un lavapiatti del lager. Sapevano tutti e due che non esisteva solo il male assoluto che vedevano lí, che l'uomo è capace anche di raggiungere vette sublimi.

Nel cinema spesso si ricorre al flashback per far vedere allo spettatore qualcosa che è accaduto prima. All'improvviso parte una dissolvenza, e la scena successiva mostra il protagonista mentre compie un'azione fondamentale a comprendere ciò che è avvenuto o che avverrà. E cosí fa Dante con Ulisse, inventandoselo, perché nessuno sa com'è fatto realmente Ulisse, ma lui ce lo descrive e ce lo fa sembrare vero. Ecco la bellezza! L'arte comincia quando l'efficacia viene sacrificata alla bellezza o alla verità. E se le parole propongono qualcosa di meglio, bisogna seguirle. Parole, non fatti. E le parole in Dante propongono sempre qualcosa di meglio, in alcuni casi addirittura migliorano degli esametri di Virgilio.

Dante fa parlare Ulisse e annulla se stesso; sente di essere uguale a lui, perché Ulisse ha osato l'inconoscibile, e anche Dante sta osando l'inconoscibile, e stavolta si sta mettendo al posto di Dio: sta giudicando tutti, e ha una paura tremenda.

Ecco le terzine in cui Ulisse appare:

> *Lo maggior corno de la fiamma antica*
> *cominciò a crollarsi mormorando*
> *pur come quella cui vento affatica;*
> * indi la cima qua e là menando,*
> *come fosse la lingua che parlasse,*
> *gittò voce di fuori e disse: «Quando...*

Qui Dante, come tante altre volte, usa la tecnica dell'*enjambement*: un verso finisce lasciando incompiuta la frase, che ricomincia al verso successivo. E questa trovata sprona ad andare avanti nella lettura, è come stare in mezzo a un'alluvione, spinti a voler sapere talmente tanto mentre si recita o si legge che è impossibile rimanere fermi, si corre come un treno che accelera sempre di piú e porta dritto alla fine di Ulisse, che poi è la fine di tutti noi.

Ci sono dei versi meravigliosi, come quelli in cui Ulisse dice che non voleva restare con Penelope, il padre e la madre, ma voleva conoscere il valore e i vizi umani:

> *ma misi me per l'alto mare aperto.*

Non dice: «mi misi», dice: «misi me». Sentite la forza? Basta cambiare una lettera. Immagina se stesso come un essere gigantesco, lo spirito dell'uomo, che si solleva da sé e si piazza in un punto: «Tu devi stare qua!» È l'uomo che diventa Dio e ordina a se stesso: «Questo è il tuo cammino!»

E chissà da dove ha preso Dante quei versi in cui dice:

> *«Considerate la vostra semenza:*
> *fatti non foste a viver come bruti,*
> *ma per seguir virtute e canoscenza».*
> *Li miei compagni fec'io sí aguti,*
> *con questa orazion picciola, al cammino,*
> *che a pena poscia li avrei ritenuti;*
> *e volta nostra poppa nel mattino,*
> *de' remi facemmo ali al folle volo...*

«... de' remi facemmo ali al folle volo». Ma queste son cose da far venire la febbre. C'è un'immagine vertiginosa dell'umanità. Siamo tutti figli del proprio figlio e padri del proprio padre. Ecco ancora una volta la bellezza, che si carpisce in un solo momento, proprio come quando Dante descrive il Paradiso come una rosa, ma non riesce a dirci che cos'è di preciso, perché oltre la rosa non c'è niente. Oltre la rosa, rimane... la rosa! Non c'è nemmeno il nulla.

C'è un bel sonetto di Giorgio Caproni:

> *Un'idea mi frulla*
> *scema come una rosa*
> *dopo di noi non c'è nulla*
> *nemmeno il nulla*
> *che già sarebbe qualcosa.*

Quanta perfezione nel verso «scema come una rosa», dove «scema» vuol dire «sublime» e tante altre cose. Si sente fortissima l'influenza dantesca, molto presente anche fuori d'Europa. Pensiamo a *Moby Dick*... Melville doveva per forza aver letto il canto di Ulisse. E infatti l'aveva letto nella traduzione di Longfellow, quella classica americana, spettacolare e un po' barocca, però strepitosa. E quando Moby Dick muore, il capitano Achab non è uguale all'Ulisse di Dante nel finale del canto?

> *Cinque volte racceso e tante casso*
> *lo lume era di sotto da la luna,*
> *poi che 'ntrati eravam ne l'alto passo,*
> *quando n'apparve una montagna, bruna*
> *per la distanza, e parvemi alta tanto*
> *quanto veduta non avea alcuna.*
> *Noi ci allegrammo, e tosto tornò in pianto;*
> *ché de la nova terra un turbo nacque*
> *e percosse del legno il primo canto.*

Tre volte il fé girar con tutte l'acque;
a la quarta levar la poppa in suso
e la prora ire in giú, com'altrui piacque,
infin che 'l mar fu sovra noi richiuso.

Quanta bellezza e quanta perfezione! Naturalmente, quello che Dante descrive non è la verità; come nel canto del conte Ugolino. Sappiamo per certo che Ugolino non divorò i suoi figli. Lo abbiamo creduto per secoli, ma non era cosí. Dunque non è il vero che fa il bello, ma è il bello che fa il vero.

Il pisano Ugolino della Gherardesca era conte di Donoratico, di parte ghibellina, com'era ghibellina tutta Pisa, acerrima nemica di Firenze. Nel corso della battaglia navale della Meloria, che si concluse con la sconfitta di Pisa, Ugolino, anziché intervenire con i suoi dodici galeoni, si limitò a osservare la disfatta della sua città, di cui ottenne poi la podestà. In seguito permise che Firenze insediasse dei guelfi nel governo di Pisa, e perdipiú concesse a Lucca alcuni castelli, piazzeforti del sistema difensivo cittadino.

L'arcivescovo Ruggieri degli Ubaldini, di parte ghibellina malgrado fosse un uomo di Chiesa, sobillò i pisani dicendo loro che il podestà si stava «guelficizzando»; poi, mentre Ugolino si trovava nel contado, andò da lui e gli disse, mentendo, che il suo amico Nino Visconti voleva prendergli il potere. In questo modo lo attirò a Pisa, dove il conte venne subito catturato e rinchiuso nella torre della Muda, di proprietà dei Gualandi, insieme ai figli Gaddo e Uguccione e ai nipoti Anselmuccio e Nino. Per ordine dell'arcivescovo Ruggieri, la chiave della prigione fu gettata nell'Arno, e i cinque prigionieri lasciati morire di fame.

L'Ugolino dantesco è nella parte piú alta dell'Inferno, nel nono cerchio, l'ultimo prima di Lucifero. Qui ci sono i traditori, immersi nel ghiaccio del fiume Cocito e distribuiti in quattro zone: nella prima (la Caina) stanno i traditori dei parenti; nella seconda (la Antenora) i traditori della patria; nella terza (la Tolomea) i traditori degli ospiti; nella quarta (la Giudecca) i traditori dei benefattori.

Dante pone Ugolino nell'Antenora insieme a quattro figli giovanissimi anziché a due figli e due nipoti, e mette in scena cosí il dolore piú immenso che esista: quello di un padre che vede morire i propri figli che gli chiedono aiuto e non può fare nulla per impedirlo. E che perdipiú è la causa della loro morte.

Quando il poeta arriva nel nono cerchio vede un dannato che sta mangiando la testa di un altro, mordendo la nuca e masticandola.

> *La bocca sollevò dal fiero pasto*
> *quel peccator, forbendola a' capelli*
> *del capo ch'elli avea di retro guasto.*

Poi, il colpo di scena:

> *«[...] Tu dei saper ch'i' fui conte Ugolino,*
> *e questi è l'arcivescovo Ruggieri:*
> *or ti dirò perch'i son tal vicino [...]».*

La miseria! Il conte Ugolino che mangia il cranio del vescovo Ruggieri! E dice a Dante che gli racconterà cosa gli è accaduto veramente. La cosa incredibile è che nessuno sa cosa sia successo davvero nella torre della Muda. Dante fa per noi un sogno d'una potenza incommensurabile:

> *«[...] però quel che non puoi avere inteso,*
> *cioè come la morte mia fu cruda,*
> *udirai, e saprai s'e' m'ha offeso [...]».*

Quello della fine di Ugolino era un fatto di cronaca molto sentito all'epoca. Trascorsi otto mesi dalla condanna, fu aperta la torre e vennero trovati i cinque cadaveri tutti smangiucchiati, probabilmente dai topi, ma l'immaginazione popolare andò ben oltre.

> «[...] Quando fui desto innanzi la dimane,
> pianger senti' fra 'l sonno i miei figliuoli,
> ch'eran con meco, e dimandar del pane [...]».

I suoi figli hanno fame, piangono e chiedono al padre del pane:
– Babbo, dammi qualcosa da mangiare...
I figli credono che il padre sia un dio che può tutto, e Ugolino è impotente di fronte alla morte e al dolore.

> «[...] Come un poco di raggio si fu messo
> nel doloroso carcere, e io scorsi
> per quattro visi il mio aspetto stesso,
>   ambo le man per lo dolor mi morsi:
> ed ei, pensando ch'io 'l fessi per voglia
> di manicar, di súbito levorsi
>   e disser: "Padre, assai ci fia men doglia
> se tu mangi di noi: tu ne vestisti
> queste misere carni, e tu le spoglia" [...]».

Tutto il canto è scandito dal mangiare: anche nell'immagine di Ugolino che, non sapendo cosa fare, si morde le mani per la disperazione. E il dolore impasta i cuori di tutti e cinque quando i figli gli dicono di nutrirsi delle loro stesse carni.

> «[…] *Poscia che fummo al quarto dí venuti*
> *Gaddo mi si gittò disteso a' piedi,*
> *dicendo:"Padre mio, ché non m'aiuti?" […]»*

Arrivati al quarto giorno, il piú piccolo non ce la fa. E qui non si resiste, e non solo per lo strazio del figlio piú piccino, ma perché le parole di Gaddo sono quelle che Cristo pronunciò sulla croce: «Padre, perché m'hai abbandonato?» C'è dunque il richiamo alla crocifissione, e nella faccia di Cristo vediamo quella di tutti coloro che soffrono e chiedono un aiuto estremo all'insopportabilità del dolore. Nemmeno Gesú ha avuto l'aiuto del padre, nel momento massimo della sua sofferenza.

> «[…] *Quivi morí; e come tu mi vedi*
> *vid'io cascar li tre ad uno ad uno,*
> *tra 'l quinto dí e 'l sesto; ond'io mi diedi,*
> *già cieco, a brancolar sovra ciascuno;*
> *e due dí li chiamai, poi che fur morti.*
> *Poscia, piú che 'l dolor, poté il digiuno».*

Anche su quest'ultimo verso sono state scritte migliaia di libri. Il senso è: «Dopo, piú che il dolor poté la fame e me li mangiai», oppure: «Dopo, piú che il dolor poté la fame e morii di fame anch'io»? La seconda ipotesi parrebbe piú sostenibile. È fuor di dubbio che il poeta ci abbia volutamente lasciato nell'incertezza.

Dante arriva a espugnare il tema portante della *Divina Commedia* nel XXXIII canto del *Paradiso*, con il quale ci vuole dire come è fatto Dio, descrivere lo Spirito Santo, il Santo Spirito, cioè la respirazione di Dio.

Però non ce la fa, e non si dà pace.

– Non mi riesce di descrivervelo, non so che cos'è, non so com'è fatto, mi ricordo poco e di quel poco non mi ricordo niente.

Ma la cosa che fa venire male nel corpo e nell'anima è che invece Dante ci dice esattamente com'è fatto Dio, e pure com'è vestita la Madonna, e che odore ha. Ci dice addirittura di che colore sono le ali dell'arcangelo Gabriele, vede negli occhi di Cristo i nostri occhi, a conferma che noi siamo Dio. E ci spiega l'immutabilità del Creatore mentre il Creato si muove. Tutti i sintagmi, i paradossi, gli ossimori che possiamo trovare, li butta su Dio. E alla fine ce lo descrive: è un regalo spettacolare.

Poi c'è la figura della Madonna. Ma quale altra religione ha inventato una donna vivente e vergine alla quale viene annunciato che nascerà Iddio dal suo ventre e che poi salirà al cielo. Dante la vede e le parla, ed è l'unica a guardare Dio «con l'occhio chiaro». Si dice che il *Paradiso* sia piú difficile dell'*Inferno* perché ci sono tante cose che per Dante sono luce e per noi ombra. In verità, è una luce divina anche l'ombra, proprio perché tutti gli opposti si toccano.

Ci troviamo nell'Empireo, la parte piú alta; il canto che precede, il XXXII, finisce con due punti, a indicare che i due canti sono strettamente legati: «E cominciò questa santa orazione:» due punti, e inizia il XXXIII con la preghiera di san Bernardo alla Madonna.

Dante, infatti, si è rivolto a san Bernardo da Chiaravalle quasi fosse un avvocato: – Scusa, glielo dici tu alla Madonna se posso guardare Dio per un secondo? Fammelo vedere un secondo! Non voglio sembrare insistente, ma ormai sono qui!

E san Bernardo reagisce come se dicesse alla Madonna:

– Guarda, c'è questo mio amico che è stanco, ha fatto un viaggio lungo… Ora non te lo sto a raccontare… Vorrebbe vedere Dio un secondo, un secondo solo, eh? Per poterlo dire a tutti gli uomini che ne hanno bisogno. Poi lui è uno che scrive bene… Ci pensa lui, guarda… Se glielo potessi far vedere, Madonna…

Alla Madonna lui dovrebbe dire quant'è bella, farle dei complimenti, dirle che è una persona straordinaria. Invece san Bernardo parte in quarta con una *captatio benevolentiae* che «io stupiva!» direbbe Gadda:

> *Vergine madre, figlia del tuo figlio,*
> *umile e alta piú che creatura,*
> *termine fisso d'etterno consiglio,*
>   *tu se' colei che l'umana natura*
> *nobilitasti sí, che 'l suo fattore*
> *non disdegnò di farsi sua fattura.*

E come fa una persona a dire di no davanti a parole come queste? Infatti, gli occhi della Madonna si rivolgono a Dio,

> *nel qual non si dee creder che s'invii*
> *per creatura l'occhio tanto chiaro.*

Cioè, come lo guarda la Madonna, Dio, non è che lo possiamo guardare noi. È anche il suo figliolo, quello che sta nel mezzo, uno dei tre… Nella Trinità c'è il respiro di Dio, poi Dio, e il terzo è il suo figliolo. L'ha fatto lei, ne è rimasta incinta, gliel'avevano annunciato. Come lo guarda lei non lo guardiamo noi. L'immagine di Dio è inintelligibile, non c'è nulla dietro e si muove tutto insieme. Alla fine della preghiera, quando capisce che la Madonna accetterà, Bernardo guar-

da Dante e sorride, come a dirgli: «Ci siamo! Secondo me
te lo fa vedere». Infatti Dante dice:

> *Bernardo m'accennava, e sorridea,*
> *perch'io guardassi suso; ma io era*
> *già per me stesso tal qual ei volea...*

Dante, insomma, aveva capito prima di san Bernardo.
– Me lo fanno vedere!
Vedere Dio! E noi rimaniamo stupefatti dai momenti
straordinari che seguono.

> *Qual è colui che sognando vede,*
> *che dopo 'l sogno la passione impressa*
> *rimane, e l'altro a la mente non riede...*

Come quando ci svegliamo con la sensazione di aver sognato. Non ci ricordiamo le immagini, ma l'emozione sí. Che
bella similitudine! È come se Dante sognasse qualcuno che
ha sognato d'aver visto Dio. Sembra Borges, quando dice
che l'oblio è la parte piú profonda della memoria. Sembra un
passo di *Le mille e una notte*, ci sono dentro tutti i libri del-
l'umanità. E la terzina successiva fa davvero paura per quanto è magnifica, perché Dante sente nel cuore la bellezza di
quell'immagine di cui ci può dire solo un nonnulla, e di quel
nonnulla non si ricorda niente.

> *Cosí la neve al sol si disigilla;*
> *cosí al vento ne le foglie levi*
> *si perdea la sentenza di Sibilla.*

La similitudine della neve che si scioglie al sole, come per
un ricordo che se ne è andato, e la frase «cosí al vento ne le

foglie levi» sono una citazione dal terzo canto dell'*Eneide*:
se uno vuole se le va a vedere; se non vuole non va a veder-
si nulla, la *Divina Commedia* rimane bella lo stesso. Nell'*E-
neide* si narra appunto che quando la Sibilla cumana scrive-
va le sentenze sulle foglie, il vento le sparpagliava tutte e non
si capiva piú l'oracolo che aveva fatto. Sono due similitudini – una coltissima e una popolare – che fanno rimanere a
bocca aperta. Poi Dante descrive quello che si ricorda di
quando ha guardato Dio in questa enigmatica terzina:

> *Un punto solo m'è maggior letargo*
> *che venticinque secoli a la 'mpresa,*
> *che fé Nettuno ammirar l'ombra d'Argo.*

E che ha detto? Non si capisce niente. Uno lo legge cosí in superficie, sente la musicalità e piglia la terzina com'è:
– Bello! Vo' avanti, – tanto se la gode lo stesso.

Invece bisogna andare oltre la superficie per rendersi conto che una spiegazione c'è. Significa che quando Giasone
andò alla conquista della Colchide con la nave Argo, circa
nel 1223 avanti Cristo – se poi uno dice 1224 va bene lo stesso, per carità! – Nettuno vide per la prima volta la chiglia di
una nave. Non ne aveva mai vista una, il dio Nettuno, e rimase stupefatto. Dante si richiama dunque alla mitologia per
descrivere la sua stupefazione per aver visto una cosa mai vista prima. E si data a quel momento l'inizio dell'umanità.
Quindi Dante si ricorda meno di quel momento che dell'i-
nizio della storia dell'umanità. Poi, finalmente, comincia a
descrivere Dio, e dice che ha visto tre cerchi.

> *e l'un da l'altro come iri da iri...*

Arcobaleno da arcobaleno...

parea reflesso...

Cioè, ci sono tre cerchi, e bisogna immaginarseli. Ma proprio perché sono inimmaginabili, dal momento che Dio non li può far vedere, bisogna sentirli con un senso che ancora non abbiamo, e che sforzandoci potremmo avere. Tre cerchi, tre sfere. Tre sfere uguali e distinte, sovrapposte e tutte nello stesso punto:

> *e l'un da l'altro come iri da iri*
> *parea reflesso, e 'l terzo parea foco*
> *che quinci e quindi igualmente si spiri.*

Lo Spirito Santo è il respiro del Padre e del Figlio, ma sta nello stesso punto del Padre e del Figlio. E dentro, il poeta vede «sustanze e accidenti e lor costume», vede tutto l'universo, che è perpetuo, è contemporaneo a Dante, e lí c'è la sua stessa figura: nel secondo cerchio della Trinità, quello del Cristo, Dante vede i propri occhi, vede se stesso; ecco l'immagine di Dio! È una cosa che fa uscire di senno. E non riesce a dirlo, e non si dà pace, e si tormenta, finché Dio gli fa venire dentro la percezione di quello che ha visto, e poi:

> *A l'alta fantasia qui mancò possa;*
> *ma già volgeva il mio disio e 'l velle...*

Non dimentichiamo che quando san Bernardo prega la Madonna di far vedere Dio a Dante, aggiunge: «Vinca tua guardia i movimenti umani»; non si può certo guardare Dio e poi tornare sulla Terra e dire:

– Sí, l'ho visto... è fatto cosí... insomma... abbastanza bello...

Quando si guarda Dio si rimane squinternati, perciò san Bernardo prega la Madonna di mantenere Dante in senno, che non riscimunisca.

In questo canto c'è tutta la sociologia mariana, la teologia, i canti liturgici, le superstizioni, e c'è il cammino dell'umanità; non va letto solo teologicamente, ma anche corporalmente. Dobbiamo vedere Dante col suo corpo, coi suoi occhi, coi suoi nervi, coi suoi polsi, mentre sta lí davanti a Dio e davanti alla Madonna. E soprattutto non bisogna negarsi il piacere di credere a tutto quello che dice.

Non vorrei entrare nella piú frusta convenzione e parlare del mito della creazione, del «chissà che cosa c'è dopo». Però questo canto ci fa capire che Dante alla fine non ci ha tradito. Ha affrontato un viaggio, ha sognato per noi, e il suo sogno durerà piú di tutte le nostre notti e di tutti i nostri sonni.

Non è sbagliato pensare che tutto quello che viviamo è un sogno. Qualcuno l'ha fatto per noi, e io gliene sarò grato finché campo.

I canti del libro

In questa sezione viene proposta la versione integrale dei canti della *Divina Commedia* citati da Roberto Benigni nella sua esegesi.

Inferno, canto I

Nel mezzo del cammin di nostra vita
mi ritrovai per una selva oscura,
ché la diritta via era smarrita.
    Ahi quanto a dir qual era è cosa dura
esta selva selvaggia e aspra e forte
che nel pensier rinova la paura!
    Tant'è amara che poco è piú morte;
ma per trattar del ben ch'i' vi trovai,
dirò de l'altre cose ch'i' v'ho scorte.
    Io non so ben ridir com'i' v'entrai:
tant'era pien di sonno a quel punto
che la verace via abbandonai.
    Ma poi ch'i' fui al piè d'un colle giunto,
là dove terminava quella valle,
che m'avea di paura il cor compunto,
    guardai in alto, e vidi le sue spalle
vestite già de' raggi del pianeta
che mena dritto altrui per ogne calle.
    Allora fu la paura un poco queta,
che nel lago del cor m'era durata
la notte ch'i' passai con tanta pieta.
    E come quei che con lena affannata,
uscito fuor del pelago a la riva,
si volge a l'acqua perigliosa e guata,
    cosí l'animo mio, ch'ancor fuggiva,

si volse a retro a rimirar lo passo
che non lasciò già mai persona viva.

    Poi ch'èi posato un poco il corpo lasso,
ripresi via per la piaggia diserta,
sí che 'l piè fermo sempre era 'l piú basso.

    Ed ecco, quasi al cominciar de l'erta,
una lonza leggera e presta molto,
che di pel maculato era coverta;

    e non mi si partia dinanzi al volto,
anzi 'mpediva tanto il mio cammino,
ch'i' fui per ritornar piú volte vòlto.

    Temp'era dal principio del mattino,
e 'l sol montava 'n su con quelle stelle
ch'eran con lui quando l'amor divino

    mosse di prima quelle cose belle;
sí ch'a bene sperar m'era cagione
di quella fera a la gaetta pelle

    l'ora del tempo e la dolce stagione;
ma non sí che paura non mi desse
la vista che m'apparve d'un leone.

    Questi parea che contra me venisse
con la test'alta e con rabbiosa fame,
sí che parea che l'aere ne tremesse.

    Ed una lupa, che di tutte brame
sembiava carca ne la sua magrezza,
e molte genti fé già viver grame,

    questa mi porse tanto di gravezza
con la paura ch'uscia di sua vista,
ch'io perdei la speranza de l'altezza.

    E qual è quei che volentieri acquista,
e giugne 'l tempo che perder lo face,
che 'n tutti suoi pensier piange e s'attrista;

    tal mi fece la bestia sanza pace,
che, venendomi 'ncontro, a poco a poco
mi ripigneva là dove 'l sol tace.

Mentre ch'i' rovinava in basso loco,
dinanzi a li occhi mi si fu offerto
chi per lungo silenzio parea fioco.

Quando vidi costui nel gran diserto,
«*Miserere* di me», gridai a lui,
«qual che tu sii, od ombra od omo certo!»

Rispuosemi: «Non omo, omo già fui,
e li parenti miei furon lombardi,
mantoani per patrïa ambedui.

Nacqui *sub Julio*, ancor che fosse tardi,
e vissi a Roma sotto 'l buono Augusto
al tempo de li dei falsi e bugiardi.

Poeta fui, e cantai di quel giusto
figliuol d'Anchise che venne di Troia,
poi che 'l superbo Ilïòn fu combusto.

Ma tu perché ritorni a tanta noia?
Perché non sali il dilettoso monte
ch'è principio e cagion di tutta gioia?»

«Or se' tu quel Virgilio e quella fonte
che spandi di parlar sí largo fiume?»
rispuos'io lui con vergognosa fronte.

«O de li altri poeti onore e lume,
vagliami 'l lungo studio e 'l grande amore
che m'ha fatto cercar lo tuo volume.

Tu se' lo mio maestro e 'l mio autore;
tu se' solo colui da cu' io tolsi
lo bello stilo che m'ha fatto onore.

Vedi la bestia per cu' io mi volsi;
aiutami da lei, famoso saggio,
ch'ella mi fa tremar le vene e i polsi».

«A te convien tenere altro vïaggio»,
rispuose, poi che lagrimar mi vide,
«se vuo' campar d'esto loco selvaggio;

ché questa bestia, per la qual tu gride,
non lascia altrui passar per la sua via,
ma tanto lo 'mpedisce che l'uccide;

e ha natura sí malvagia e ria,
che mai non empie la bramosa voglia,
e dopo il pasto ha piú fame che pria.

Molti son li animali a cui s'ammoglia,
e piú saranno ancora, infin che 'l veltro
verrà, che la farà morir con doglia.

Questi non ciberà terra né peltro,
ma sapïenza, amore e virtute,
e sua nazion sarà tra feltro e feltro.

Di quella umile Italia fia salute,
per cui morí la vergine Cammilla,
Eurialo e Turno e Niso di ferute.

Questi la caccerà per ogne villa,
finché l'avrà rimessa ne lo 'nferno,
là onde 'nvidia prima dipartilla.

Ond'io per lo tuo me' penso e discerno
che tu mi segui, e io sarò tua guida,
e trarrotti di qui per loco etterno;

ove udirai le disperate strida,
vedrai li antichi spirti dolenti,
ch'a la seconda morte ciascun grida:

e vederai color che son contenti
nel foco, perché speran di venire
quando che sia a le beate genti.

A le quai poi se tu vorrai salire,
anima fia a ciò piú di me degna:
con lei ti lascerò nel mio partire;

ché quello imperador che là sú regna,
perch'io fu' ribellante a la sua legge,
non vuol che 'n sua città per me si vegna.

In tutte parti impera e quivi regge;
quivi è la sua città e l'alto seggio:
oh felice colui cu' ivi elegge!»

E io a lui: «Poeta, io ti richeggio
per quello Dio che tu non conoscesti,
acciò ch'io fugga questo male e peggio,

che tu mi meni là dov'or dicesti,
sí ch'io veggia la porta di san Pietro
e color cui tu fai cotanto mesti».

Allor si mosse, e io li tenni dietro.

Inferno, canto II

Lo giorno se n'andava, e l'aere bruno
toglieva li animai che sono in terra
da le fatiche loro; e io sol uno

m'apparecchiava a sostener la guerra
sí del cammino e sí de la pietate,
che ritrarrà la mente che non erra.

O Muse, o alto ingegno, or m'aiutate;
o mente che scrivesti ciò ch'io vidi,
qui si parrà la tua nobilitate.

Io cominciai: «Poeta che mi guidi,
guarda la mia virtú s'ell'è possente,
prima ch'a l'alto passo tu mi fidi.

Tu dici che di Silvïo il parente,
corruttibile ancora, ad immortale
secolo andò, e fu sensibilmente.

Però, se l'avversario d'ogne male
cortese i fu, pensando l'alto effetto
ch'uscir dovea di lui, e 'l chi e 'l quale

non pare indegno ad omo d'intelletto;
ch'e' fu de l'alma Roma e di suo impero
ne l'empireo ciel per padre eletto:

la quale e 'l quale, a voler dir lo vero,
fu stabilita per lo loco santo
u' siede il successor del maggior Piero.

Per questa andata onde li dai tu vanto,
intese cose che furon cagione
di sua vittoria e del papale ammanto.

Andovvi poi lo *Vas* d'elezïone
per recarne conforto a quella fede
ch'è principio a la via di salvazione.
      Ma io, perché venirvi? o chi 'l concede?
Io non Enëa, io non Paulo sono;
me degno a ciò né io né altri 'l crede.
      Per che, se del venire io m'abbandono,
temo che la venuta non sia folle.
Se' savio; intendi me' ch'i' non ragiono».
      E qual è quei che disvuol ciò che volle
e per novi pensier cangia proposta,
sí che dal cominciar tutto si tolle;
      tal mi fec'ïo 'n quella oscura costa;
perché, pensando, consumai la 'mpresa
che fu nel cominciar cotanto tosta.
      «S'i' ho ben la parola tua intesa»,
rispuose del magnanimo quell'ombra,
«l'anima tua è da viltade offesa,
      la qual molte fïate l'omo ingombra
sí che d'onrata impresa lo rivolve,
come falso veder bestia quand'ombra.
      Da questa tema acciò che tu ti solve,
dirotti perch'io venni e quel ch'io 'ntesi
nel primo punto che di te mi dolve.
      Io era tra color che son sospesi,
e donna mi chiamò beata e bella,
tal che di comandare io la richiesi.
      Lucevan li occhi suoi piú che la stella;
e cominciommi a dir soave e piana,
con angelica voce, in sua favella:
      "O anima cortese mantoana,
di cui la fama ancor nel mondo dura,
e durerà quanto 'l mondo lontana,
      l'amico mio, e non de la ventura,
ne la diserta piaggia è impedito
sí nel cammin, che vòlt'è per paura;

e temo che non sia già sí smarrito,
ch'io mi sia tardi al soccorso levata,
per quel ch'i' ho di lui nel cielo udito.

Or movi, e con la tua parola ornata,
e con ciò c'ha mestieri al suo campare,
l'aiuta sí ch'i' ne sia consolata.

I' son Beatrice che ti faccio andare;
vegno del loco ove tornar disio:
amor mi mosse, che mi fa parlare.

Quando sarò dinanzi al segnor mio,
di te mi loderò sovente a lui".
Tacette allora, e poi comincia' io:

"O donna di virtú sola per cui
l'umana spezie eccede ogne contento
di quel ciel c'ha minor li cerchi sui,

tanto m'aggrada il tuo comandamento,
che l'ubidir, se già fosse, m'è tardi;
piú non t'è uo' ch'aprirmi il tuo talento.

Ma dimmi la cagion che non ti guardi
de lo scender qua giuso in questo centro
de l'ampio loco ove tornar tu ardi".

"Da che tu vuo' saver cotanto a dentro,
dirotti brevemente", mi rispuose,
"perch'i' non temo di venir qua entro.

Temer si dee di sole quelle cose
c'hanno potenza di fare altrui male;
de l'altre no, ché non son paurose.

I' son fatta da Dio, sua mercé, tale,
che la vostra miseria non mi tange,
né fiamma d'esto 'ncendio non m'assale.

Donna è gentil nel ciel che si compiange
di questo 'mpedimento ov'io ti mando,
sí che duro giudicio là sú frange.

Questa chiese Lucia in suo dimando
e disse: 'Or ha bisogno il tuo fedele
di te, ed io a te lo raccomando'.

Lucia, nimica di ciascun crudele,
si mosse, e venne al loco dov'i' era,
che mi sedea con l'antica Rachele.

Disse: 'Beatrice, loda di Dio vera,
ché non soccorri quei che t'amò tanto,
ch'uscí per te de la volgare schiera?

Non odi tu la pieta del suo pianto,
non vedi tu la morte che 'l combatte
su la fiumana ove 'l mar non ha vanto?'

Al mondo non fur mai persone ratte
a far lor pro o a fuggir lor danno,
com'io, dopo cotai parole fatte,

venni qua giú del mio beato scanno,
fidandomi nel tuo parlare onesto,
ch'onora te e quei ch'udito l'hanno".

Poscia che m'ebbe ragionato questo,
li occhi lucenti lacrimando volse;
per che mi fece del venir piú presto.

E venni a te cosí com'ella volse;
d'inanzi a quella fiera ti levai
che del bel monte il corto andar ti tolse.

Dunque: che è? perché, perché restai,
perché tanta viltà nel cuore allette,
perché ardire e franchezza non hai,

poscia che tai tre donne benedette
curan di te ne la corte del cielo,
e 'l mio parlar tanto ben ti promette?»

Quali fioretti, dal notturno gelo
chinati e chiusi, poi che 'l sol li 'mbianca,
si drizzan tutti aperti in loro stelo,

tal mi fec'io di mia virtude stanca,
e tanto buono ardire al cor mi corse,
ch'i' cominciai come persona franca:

«Oh pietosa colei che mi soccorse!
e te cortese ch'ubidisti tosto
a le vere parole che ti porse!

Tu m'hai con disiderio il cor disposto
sí al venir con le parole tue,
ch'i' son tornato nel primo proposto.

Or va, ch'un sol volere è d'ambedue:
tu duca, tu segnore e tu maestro».
Cosí li dissi; e poi che mosso fue,
intrai per lo cammino alto e silvestro.

Inferno, canto III

PER ME SI VA NE LA CITTÀ DOLENTE,
PER ME SI VA NE L'ETTERNO DOLORE,
PER ME SI VA TRA LA PERDUTA GENTE.
    GIUSTIZIA MOSSE IL MIO ALTO FATTORE;
FECEMI LA DIVINA PODESTATE,
LA SOMMA SAPÏENZA E 'L PRIMO AMORE.
    DINANZI A ME NON FUOR COSE CREATE
SE NON ETTERNE, E IO ETTERNO DURO.
LASCIATE OGNI SPERANZA, VOI CH'INTRATE.

    Queste parole di colore oscuro
vid'ïo scritte al sommo d'una porta;
per ch'io: «Maestro, il senso lor m'è duro».
    Ed elli a me, come persona accorta:
«Qui si convien lasciare ogne sospetto;
ogne viltà convien che qui sia morta.
    Noi siam venuti al loco ov'i' t'ho detto
che tu vedrai le genti dolorose
c'hanno perduto il ben de l'intelletto».
    E poi che la sua mano a la mia puose
con lieto volto, ond'io mi confortai,
mi mise dentro a le segrete cose.
    Quivi sospiri, pianti e alti guai
risonavan per l'aere sanza stelle,
per ch'io al cominciar ne lagrimai.
    Diverse lingue, orribili favelle,

parole di dolore, accenti d'ira,
voci alte e fioche, e suon di man con elle
    facevano un tumulto, il qual s'aggira
sempre in quell'aura sanza tempo tinta,
come la rena quando turbo spira.
    E io ch'avea d'error la testa cinta,
dissi: «Maestro, che è quel ch'i' odo?
e che gent'è che par nel duol sí vinta?»
    Ed elli a me: «Questo misero modo
tegnon l'anime triste di coloro
che visser sanza 'nfamia e sanza lode.
    Mischiate sono a quel cattivo coro
de li angeli che non furon ribelli
né fur fedeli a Dio, ma per sé foro.
    Caccianli i ciel per non esser men belli;
né lo profondo inferno li riceve,
ch'alcuna gloria i rei avrebber d'elli».
    E io: «Maestro, che è tanto greve
a lor che lamentar li fa sí forte?»
Rispuose: «Dicerolti molto breve.
    Questi non hanno speranza di morte,
e la lor cieca vita è tanto bassa,
che 'nvidïosi son d'ogne altra sorte.
    Fama di loro il mondo esser non lassa;
misericordia e giustizia li sdegna:
non ragioniam di lor, ma guarda e passa».
    E io, che riguardai, vidi una 'nsegna
che girando correva tanto ratta,
che d'ogne posa mi parea indegna;
    e dietro le venía sí lunga tratta
di gente, ch'i' non averei creduto
che morte tanta n'avesse disfatta.
    Poscia ch'io v'ebbi alcun riconosciuto,
vidi e conobbi l'ombra di colui
che fece per viltade il gran rifiuto.
    Incontanente intesi e certo fui

che questa era la setta d'i cattivi,
a Dio spiacenti ed a' nemici sui.

Questi sciaurati, che mai non fur vivi,
erano ignudi e stimolati molto
da mosconi e da vespe ch'eran ivi.

Elle rigavan lor di sangue il volto,
che, mischiato di lagrime, a' lor piedi
da fastidiosi vermi era ricolto.

E poi ch'a riguardar oltre mi diedi,
vidi genti a la riva d'un gran fiume;
per ch'io dissi: «Maestro, or mi concedi

ch'i' sappia quali sono, e qual costume
le fa di trapassar parer sí pronte,
com'i' discerno per lo fioco lume».

Ed elli a me: «Le cose ti fier conte
quando noi fermerem li nostri passi
su la trista riviera d'Acheronte».

Allor con li occhi vergognosi e bassi,
temendo no 'l mio dir li fosse grave,
infino al fiume del parlar mi trassi.

Ed ecco verso noi venir per nave
un vecchio, bianco per antico pelo,
gridando: «Guai a voi, anime prave!

Non isperate mai veder lo cielo:
i' vegno per menarvi a l'altra riva
ne le tenebre etterne, in caldo e 'n gelo.

E tu che se' costí, anima viva,
pàrtiti da cotesti che son morti».
Ma poi che vide ch'io non mi partiva,

disse: «Per altra via, per altri porti
verrai a piaggia, non qui, per passare:
piú lieve legno convien che ti porti».

E 'l duca a lui: «Caron, non ti crucciare:
vuolsi cosí colà dove si puote
ciò che si vuole, e piú non dimandare».

Quinci fuor quete le lanose gote

al nocchier de la livida palude,
che 'ntorno a li occhi avea di fiamme rote.

Ma quell'anime, ch'eran lasse e nude,
cangiar colore e dibattero i denti,
ratto che 'nteser le parole crude.

Bestemmiavano Dio e lor parenti,
l'umana spezie e 'l loco e 'l tempo e 'l seme
di lor semenza e di lor nascimenti.

Poi si ritrasser tutte quante insieme,
forte piangendo, a la riva malvagia
ch'attende ciascun uom che Dio non teme.

Caron dimonio, con occhi di bragia
loro accennando, tutte le raccoglie;
batte col remo qualunque s'adagia.

Come d'autunno si levan le foglie
l'una appresso de l'altra, fin che 'l ramo
vede a la terra tutte le sue spoglie;

similemente il mal seme d'Adamo
gittansi di quel lito ad una ad una,
per cenni come augel per suo richiamo.

Cosí sen vanno su per l'onda bruna;
e avanti che sien di là discese,
anche di qua nuova schiera s'auna.

«Figliuol mio», disse 'l maestro cortese,
«quelli che muoion ne l'ira di Dio
tutti convegnon qui d'ogne paese;

e pronti sono a trapassar lo rio,
ché la divina giustizia li sprona,
sí che la tema si volve in disio.

Quinci non passa mai anima buona;
e però, se Caron di te si lagna,
ben puoi sapere omai che 'l suo dir suona».

Finito questo, la buia campagna
tremò sí forte, che de lo spavento
la mente di sudore ancor mi bagna.

La terra lagrimosa diede vento,
che balenò una luce vermiglia
la qual mi vinse ciascun sentimento;
    e caddi come l'uom cui sonno piglia.

Inferno, canto IV

Ruppemi l'alto sonno ne la testa
un greve truono, sí ch'io mi riscossi
come persona ch'è per forza desta;
     e l'occhio riposato intorno mossi,
dritto levato, e fiso riguardai
per conoscer lo loco dov'io fossi.
     Vero è che 'n su la proda mi trovai
de la valle d'abisso dolorosa,
che 'ntrono accoglie d'infiniti guai.
     Oscura e profonda era e nebulosa
tanto che, per ficcar lo viso a fondo,
io non vi discernea alcuna cosa.
     «Or discendiam qua giú nel cieco mondo»,
cominciò il poeta tutto smorto:
«io sarò primo, e tu sarai secondo».
     E io, che del color mi fui accorto,
dissi: «Come verrò, se tu paventi
che suoli al mio dubbiare esser conforto?»
     Ed elli a me: «L'angoscia de le genti
che son qua giú, nel viso mi dipigne
quella pietà che tu per tema senti.
     Andiam, ché la via lunga ne sospigne».
Cosí si mise e cosí mi fé intrare
nel primo cerchio che l'abisso cigne.
     Quivi, secondo che per ascoltare,
non avea pianto mai che di sospiri,
che l'aura etterna facevan tremare;

ciò avvenia di duol sanza martíri
ch'avean le turbe, ch'eran molte e grandi,
d'infanti e di femmine e di viri.
    Lo buon maestro a me: «Tu non dimandi
che spiriti son questi che tu vedi?
Or vo' che sappi, innanzi che piú andi,
    ch'ei non peccaro; e s'elli hanno mercedi,
non basta, perché non ebber battesmo,
ch'è porta de la fede che tu credi;
    e s'e' furon dinanzi al cristianesmo,
non adorar debitamente a Dio:
e di questi cotai son io medesmo.
    Per tai difetti, non per altro rio,
semo perduti, e sol di tanto offesi,
che sanza speme vivemo in disio».
    Gran duol mi prese al cor quando lo 'ntesi,
però che gente di molto valore
conobbi che 'n quel limbo eran sospesi.
    «Dimmi, maestro mio, dimmi, segnore»,
comincia' io per volere esser certo
di quella fede che vince ogne errore:
    «uscicci mai alcuno, o per suo merto
o per altrui, che poi fosse beato?»
E quei che 'ntese il mio parlar coverto,
    rispuose: «Io era nuovo in questo stato
quando ci vidi venire un possente,
con segno di vittoria coronato.
    Trasseci l'ombra del primo parente,
d'Abèl suo figlio, e quella di Noè,
di Moïsè legista e ubedente;
    Abraàm patrïarca e Davíd re,
Israèl con lo padre e co' suoi nati
e con Rachele, per cui tanto fé,
    e altri molti e feceli beati.
E vo' che sappi che, dinanzi ad essi,
spiriti umani non eran salvati».

Non lasciavam l'andar perch'ei dicessi,
ma passavam la selva tuttavia,
la selva, dico, di spiriti spessi.

Non era lunga ancor la nostra via
di qua dal sonno, quand'io vidi un foco
ch'emisperio di tenebre vincia.

Di lungi n'eravamo ancora un poco,
ma non sí ch'io non discernessi in parte
ch'orrevol gente possedea quel loco.

«O tu ch'onori scïenzïa e arte,
questi chi son c'hanno cotanta onranza,
che dal modo de li altri li diparte?»

E quelli a me: «L'onrata nominanza
che di lor suona sú ne la tua vita,
grazïa acquista nel ciel che sí li avanza».

Intanto voce fu per me udita:
«Onorate l'altissimo poeta;
l'ombra sua torna, ch'era dipartita».

Poi che la voce fu restata e queta,
vidi quattro grand'ombre a noi venire;
sembianz' avevan né trista né lieta.

Lo buon maestro cominciò a dire:
«Mira colui con quella spada in mano,
che vien dinanzi ai tre sí come sire:

quelli è Omero poeta sovrano;
l'altro è Orazio satiro che vene;
Ovidio è 'l terzo, e l'ultimo Lucano.

Però che ciascun meco si convene
nel nome che sonò la voce sola,
fannomi onore, e di ciò fanno bene».

Cosí vid'i' adunar la bella scola
di quel segnor de l'altissimo canto
che sovra li altri com'aquila vola.

Da ch'ebber ragionato insieme alquanto,
volsersi a me con salutevol cenno,
e 'l mio maestro sorrise di tanto;

e piú d'onore ancora assai mi fenno,
ch'e' sí mi fecer de la loro schiera,
sí ch'io fui sesto tra cotanto senno.

Cosí andammo infino a la lumera,
parlando cose che 'l tacere è bello,
sí com'era 'l parlar colà dov'era.

Venimmo al piè d'un nobile castello,
sette volte cerchiato d'alte mura,
difeso intorno d'un bel fiumicello.

Questo passammo come terra dura;
per sette porte intrai con questi savi:
giugnemmo in prato di fresca verdura.

Genti v'eran con occhi tardi e gravi,
di grande autorità ne' lor sembianti:
parlavan rado, con voci soavi.

Traemmoci cosí da l'un de' canti,
in loco aperto, luminoso e alto,
sí che veder si potien tutti quanti.

Colà diritto, sovra 'l verde smalto,
mi fuor mostrati li spiriti magni,
che del vedere in me stesso m'essalto.

I' vidi Elettra con molti compagni,
tra' quai conobbi Ettòr ed Enea,
Cesare armato con li occhi grifagni.

Vidi Cammilla e la Pantasilea;
da l'altra parte vidi 'l re Latino
che con Lavina sua figlia sedea.

Vidi quel Bruto che cacciò Tarquino,
Lucrezia, Julia, Marzïa e Corniglia;
e solo, in parte, vidi 'l Saladino.

Poi ch'innalzai un poco piú le ciglia,
vidi 'l maestro di color che sanno
seder tra filosofica famiglia.

Tutti lo miran, tutti onor li fanno:
quivi vid'ïo Socrate e Platone,
che 'nnanzi a li altri piú presso li stanno;

Democrito che 'l mondo a caso pone,
Dïogenès, Anassagora e Tale,
Empedoclès, Eraclito e Zenone;
   e vidi il buono accoglitor del quale,
Dïascoride dico; e vidi Orfeo,
Tulïo e Lino e Seneca morale;
   Euclide geomètra e Tolomeo,
Ipocràte, Avicenna e Galïeno,
Averoís, che 'l gran comento feo.
   Io non posso ritrar di tutti a pieno,
però che sí mi caccia il lungo tema,
che molte volte al fatto il dir vien meno.
   La sesta compagnia in due si scema:
per altra via mi mena il savio duca,
fuor de la queta, ne l'aura che trema.
   E vegno in parte ove non è che luca.

Inferno, canto V

Cosí discesi del cerchio primaio
giú nel secondo, che men loco cinghia
e tanto piú dolor, che punge a guaio.
　　Stavvi Minòs orribilmente, e ringhia;
essamina le colpe ne l'intrata;
giudica e manda secondo ch'avvinghia.
　　Dico che quando l'anima mal nata
li vien dinanzi, tutta si confessa;
e quel conoscitor de le peccata
　　vede qual loco d'inferno è da essa:
cignesi con la coda tante volte,
quantunque gradi vuol che giú sia messa.
　　Sempre dinanzi a lui ne stanno molte;
vanno a vicenda ciascuna al giudizio,
dicono e odono e poi son giú volte.
　　«O tu che vieni al doloroso ospizio»,
disse Minòs a me quando mi vide,
lasciando l'atto di cotanto offizio;
　　«guarda com'entri e di cui tu ti fide:
non t'inganni l'ampiezza de l'intrare!»
E 'l duca mio a lui: «Perché pur gride?
　　Non impedir lo suo fatale andare:
vuolsi cosí colà dove si puote
ciò che si vuole, e piú non dimandare».
　　Ora incomincian le dolenti note
a farmisi sentire; or son venuto
là dove molto pianto mi percuote.

Io venni in luogo d'ogne luce muto,
che mugghia come fa mar per tempesta,
se da contrari venti è combattuto.

La bufera infernal, che mai non resta,
mena li spirti con la sua rapina;
voltando e percotendo li molesta.

Quando giungon davanti a la ruina,
quivi le strida, il compianto, il lamento;
bestemmian quivi la virtú divina.

Intesi ch'a cosí fatto tormento
enno dannati i peccatori carnali,
che la ragion sommettono al talento.

E come li stornei ne portan l'ali,
nel freddo tempo, a schiera larga e piena,
cosí quel fiato li spiriti mali

di qua, di là, di giú, di sú li mena;
nulla speranza li conforta mai,
non che di posa, ma di minor pena.

E come i gru van cantando lor lai,
faccendo in aere di sé lunga riga,
cosí vid'io venir, traendo guai,

ombre portate da la detta briga;
per ch'i' dissi: «Maestro, chi son quelle
genti che l'aura nera sí gastiga?»

«La prima di color di cui novelle
tu vuo' saper», mi disse quelli allotta,
«fu imperadrice di molte favelle.

A vizio di lussuria fu sí rotta,
che libito fé licito in sua legge,
per tòrre il biasmo in che era condotta.

Ell'è Semiramís, di cui si legge
che succedette a Nino e fu sua sposa;
tenne la terra che 'l Soldan corregge.

L'altra è colei che s'ancise amorosa,
e ruppe fede al cener di Sicheo;
poi è Cleopatràs lussuriosa.

Elena vedi, per cui tanto reo
tempo si volse, e vedi 'l grande Achille
che con Amore al fine combatteo.

Vedi París, Tristano»; e piú di mille
ombre mostrommi e nominommi a dito
ch'amor di nostra vita dipartille.

Poscia ch'io ebbi il mio dottore udito
nomar le donne antiche e' cavalieri,
pietà mi giunse, e fui quasi smarrito.

I' cominciai: «Poeta, volontieri
parlerei a quei due che 'nsieme vanno,
e paion sí al vento essere leggieri».

Ed elli a me: «Vedrai quando saranno
piú presso a noi; e tu allor li priega
per quello amor che i mena, ed ei verranno».

Sí tosto come il vento a noi li piega,
mossi la voce: «O anime affannate,
venite a noi parlar, s'altri nol niega!»

Quali colombe dal disio chiamate,
con l'ali alzate e ferme al dolce nido
vegnon per l'aere, dal voler portate;

cotali uscir de la schiera ov'è Dido,
a noi venendo per l'aere maligno,
sí forte fu l'affettuoso grido.

«O animal grazioso e benigno,
che visitando vai per l'aere perso
noi che tignemmo il mondo di sanguigno,

se fosse amico il re de l'universo
noi pregheremmo lui de la tua pace,
poi ch'hai pietà del nostro mal perverso.

Di quel che udire e che parlar vi piace,
noi udiremo e parleremo a voi,
mentre che il vento, come fa, ci tace.

Siede la terra dove nata fui
su la marina dove 'l Po discende
per aver pace co' seguaci sui.

Amor, ch'al cor gentil ratto s'apprende,
prese costui de la bella persona
che mi fu tolta; e 'l modo ancor m'offende.

Amor, ch'a nullo amato amar perdona,
mi prese del costui piacer sí forte,
che, come vedi, ancor non m'abbandona.

Amor condusse noi ad una morte:
Caina attende chi vita ci spense».
Queste parole da lor ci fur porte.

Quand'io intesi quell'anime offense,
chinai 'l viso, e tanto il tenni basso,
fin che 'l poeta mi disse: «Che pense?»

Quando rispuosi, cominciai: «Oh lasso,
quanti dolci pensier, quanto disio
menò costor al doloroso passo!»

Poi mi rivolsi a loro, e parla' io,
e cominciai: «Francesca, i tuoi martíri
a lagrimar mi fanno tristo e pio.

Ma dimmi: al tempo d'i dolci sospiri,
a che e come concedette amore
che conosceste i dubbiosi disiri?»

E quella a me: «Nessun maggior dolore
che ricordarsi del tempo felice
ne la miseria; e ciò sa 'l tuo dottore.

Ma s'a conoscer la prima radice
del nostro amor tu hai cotanto affetto,
dirò come colui che piange e dice.

Noi leggiavamo, un giorno, per diletto,
di Lancialotto come amor lo strinse:
soli eravamo e sanza alcun sospetto.

Per piú fiate l'occhi ci sospinse
quella lettura, e scolorocci il viso;
ma solo un punto fu quel che ci vinse.

Quando leggemmo il disiato riso
esser baciato da cotanto amante,
questi, che mai da me non fia diviso,

la bocca mi basciò tutto tremante.
Galeotto fu 'l libro e chi lo scrisse:
quel giorno piú non vi leggemmo avante».
    Mentre che l'uno spirto questo disse,
l'altro piangea sí che di pietade
io venni men cosí com'io morisse.
    E caddi come corpo morto cade.

Al tornar de la mente, che si chiuse
dinanzi a la pietà de' due cognati,
che di trestizia tutto mi confuse,

novi tormenti e novi tormentati
mi veggio intorno, come ch'io mi mova
e ch'io mi volga, e come che io guati.

Io sono al terzo cerchio, de la piova
etterna, maladetta, fredda e greve:
regola e qualità mai non l'è nova.

Grandine grossa, acqua tinta e neve
per l'aere tenebroso si riversa:
pute la terra che questo riceve.

Cerbero, fiera crudele e diversa,
con tre gole caninamente latra
sovra la gente che quivi è sommersa.

Li occhi ha vermigli, la barba unta e atra
e 'l ventre largo, e unghiate le mani;
graffia li spirti ed iscoia ed isquatra.

Urlar li fa la pioggia come cani;
de l'un de' lati fanno a l'altro schermo;
volgonsi spesso i miseri profani.

Quando ci scorse Cerbero, il gran vermo,
le bocche aperse e mostrocci le sanne;
non avea membro che tenesse fermo.

E 'l duca mio distese le sue spanne,
prese la terra, e con piene le pugna
la gittò dentro a le bramose canne.

Qual è quel cane ch'abbaiando agogna,
e si racqueta poi che 'l pasto morde,
ché solo a divorarlo intende e pugna,
   cotai si fecer quelle facce lorde
de lo demonio Cerbero, che 'ntrona
l'anime sí, ch'esser vorrebber sorde.
   Noi passavam su per l'ombre che adona
la greve pioggia, e ponavam le piante
sovra lor vanità che par persona.
   Elle giacean per terra tutte quante,
fuor d'una ch'a seder si levò, ratto
ch'ella ci vide passarsi davante.
   «O tu che se' per questo 'nferno tratto»,
mi disse, «riconoscimi, se sai:
tu fosti, prima ch'io disfatto, fatto».
   E io a lui: «L'angoscia che tu hai
forse ti tira fuor de la mia mente,
sí che non par ch'i' ti vedessi mai.
   Ma dimmi chi tu se' che 'n sí dolente
loco se' messo e hai sí fatta pena,
che, s'altra è maggio, nulla è sí spiacente».
   Ed elli a me: «La tua città, ch'è piena
d'invidia sí che già trabocca il sacco,
seco mi tenne in la vita serena.
   Voi cittadini mi chiamaste Ciacco:
per la dannosa colpa de la gola,
come tu vedi, a la pioggia mi fiacco.
   E io anima trista non son sola,
ché tutte queste a simil pena stanno
per simil colpa». E piú non fé parola.
   Io li rispuosi: «Ciacco, il tuo affanno
mi pesa sí, ch'a lagrimar mi 'nvita;
ma dimmi, se tu sai, a che verranno
   li cittadin de la città partita;
s'alcun v'è giusto; e dimmi la cagione
per che l'ha tanta discordia assalita».

Ed elli a me: «Dopo lunga tencione
verranno al sangue, e la parte selvaggia
caccerà l'altra con molta offensione.

Poi appresso convien che questa caggia
infra tre soli, e che l'altra sormonti
con la forza di tal che testé piaggia.

Alte terrà lungo tempo le fronti,
tenendo l'altra sotto gravi pesi,
come che di ciò pianga o che n'aonti.

Giusti son due, e non vi sono intesi;
superbia, invidia e avarizia sono
le tre faville c'hanno i cuori accesi».

Qui puose fine al lagrimabil suono.
E io a lui: «Ancor vo' che m'insegni,
e che di piú parlar mi facci dono.

Farinata e 'l Tegghiaio, che fuor sí degni,
Iacopo Rusticucci, Arrigo e 'l Mosca,
e li altri ch'a ben far puoser li 'ngegni

dimmi ove sono e fa ch'io li conosca,
ché gran disio mi stringe di savere
se 'l ciel li addolcia o lo 'nferno li attosca».

E quelli: «Ei son tra l'anime piú nere;
diverse colpe giú li grava al fondo;
se tanto scendi, là i potrai vedere.

Ma quando tu sarai nel dolce mondo,
priegoti ch'a la mente altrui mi rechi:
piú non ti dico e piú non ti rispondo».

Li diritti occhi torse allora in biechi;
guardommi un poco e poi chinò la testa:
cadde con essa a par de li altri ciechi.

E 'l duca disse a me: «Piú non si desta
di qua dal suon de l'angelica tromba,
quando verrà la nimica podesta:

ciascun rivederà la trista tomba,
ripiglierà sua carne e sua figura,
udirà quel che in etterno rimbomba».

Sí trapassammo per sozza mistura
de l'ombre e de la pioggia, a passi lenti,
toccando un poco la vita futura;

per ch'io dissi: «Maestro, esti tormenti
crescerann'ei dopo la gran sentenza,
o fier minori, o saran sí cocenti?»

Ed elli a me: «Ritorna a tua scïenza,
che vuol, quanto la cosa è piú perfetta,
piú senta il bene, e cosí la doglienza.

Tutto che questa gente maledetta
in vera perfezion già mai non vada,
di là piú che di qua essere aspetta».

Noi aggirammo a tondo quella strada,
parlando piú assai ch'i' non ridico;
venimmo al punto dove si digrada:

quivi trovammo Pluto, il gran nemico.

«*Pape Satàn, pape Satàn aleppe!* »,
cominciò Pluto con la voce chioccia;
e quel savio gentil, che tutto seppe,

disse per confortarmi: «Non ti noccia
la tua paura; ché, poder ch'elli abbia,
non ci torrà lo scender questa roccia».

Poi si rivolse a quella 'nfiata labbia,
e disse: «Taci, maladetto lupo!
consuma dentro te con la tua rabbia.

Non è sanza cagion l'andare al cupo:
vuolsi ne l'alto, là dove Michele
fé la vendetta del superbo strupo».

Quali dal vento le gonfiate vele
caggiono avvolte, poi che l'alber fiacca,
tal cadde a terra la fiera crudele.

Così scendemmo ne la quarta lacca,
pigliando piú de la dolente ripa,
che 'l mal de l'universo tutto insacca.

Ahi giustizia di Dio! tante chi stipa
nove travaglie e pene quant'io viddi?
e perché nostra colpa sí ne scipa?

Come fa l'onda là sovra Cariddi,
che si frange con quella in cui s'intoppa,
così convien che qui la gente riddi.

Qui vidi gente piú ch'altrove troppa,
e d'una parte e d'altra, con grand'urli,
voltando pesi per forza di poppa.

Percotëansi 'ncontro; e poscia pur lí
si rivolgea ciascun, voltando a retro,
gridando: «Perché tieni?» e «Perché burli?»
        Cosí tornavan per lo cerchio tetro
da ogne mano a l'opposito punto,
gridandosi anche loro ontoso metro;
        poi si volgea ciascun, quand'era giunto,
per lo suo mezzo cerchio a l'altra giostra.
E io, ch'avea lo cor quasi compunto,
        dissi: «Maestro mio, or mi dimostra
che gente è questa, e se tutti fuor cherci
questi chercuti a la sinistra nostra».
        Ed elli a me: «Tutti quanti fuor guerci
sí de la mente in la vita primaia,
che con misura nullo spendio ferci.
        Assai la voce lor chiaro l'abbaia,
quando vegnono a' due punti del cerchio
dove colpa contraria li dispaia.
        Questi fuor cherci che non han coperchio
piloso al capo, e papi e cardinali,
in cui usa avarizia il suo soperchio».
        E io: «Maestro, tra questi cotali
dovre' io ben riconoscere alcuni
che furo immondi di cotesti mali».
        Ed elli a me: «Vano pensiero aduni:
la sconoscente vita che i fé sozzi,
ad ogne conoscenza or li fa bruni.
        In etterno verranno a li due cozzi;
questi resurgeranno del sepulcro
col pugno chiuso, e questi coi crin mozzi.
        Mal dare e mal tener lo mondo pulcro
ha tolto loro, e posti a questa zuffa:
qual ella sia, parole non ci appulcro.
        Or puoi, figliuol, veder la corta buffa
d'i ben che son commessi a la fortuna,
per che l'umana gente si rabuffa;

ché tutto l'oro ch'è sotto la luna
e che già fu, di quest'anime stanche
non poterebbe farne posare una».

«Maestro mio», diss'io, «or mi di' anche:
questa fortuna, di che tu mi tocche,
che è, che i ben del mondo ha sí tra branche?»

E quelli a me: «Oh creature sciocche,
quanta ignoranza è quella che v'offende!
Or vo' che tu mia sentenza ne 'mbocche.

Colui lo cui saver tutto trascende,
fece li cieli e diè lor chi conduce
sí, ch'ogne parte ad ogne parte splende,

distribuendo igualmente la luce.
Similemente a li splendor mondani
ordinò general ministra e duce

che permutasse a tempo li ben vani
di gente in gente e d'uno in altro sangue,
oltre la difension d'i senni umani;

per ch'una gente impera e l'altra langue,
seguendo lo giudicio di costei,
che è occulto come in erba l'angue.

Vostro saver non ha contasto a lei:
questa provede, giudica, e persegue
suo regno come il loro li altri dei.

Le sue permutazion non hanno triegue:
necessità la fa esser veloce;
sí spesso vien chi vicenda consegue.

Quest'è colei ch'è tanto posta in croce
pur da color che le dovrien dar lode,
dandole biasmo a torto e mala voce;

ma ella s'è beata e ciò non ode:
con l'altre prime creature lieta
volve sua spera e beata si gode.

Or discendiamo omai a maggior pieta;
già ogne stella cade che saliva
quand'io mi mossi, e 'l troppo star si vieta».

Noi ricidemmo il cerchio a l'altra riva
sovr'una fonte che bolle e riversa
per un fossato che da lei deriva.
    L'acqua era buia assai piú che persa;
e noi, in compagnia de l'onde bige,
intrammo giú per una via diversa.
    In la palude va ch'ha nome Stige
questo tristo ruscel, quand'è disceso
al piè de le maligne piagge grige.
    E io, che di mirare stava inteso,
vidi genti fangose in quel pantano,
ignude tutte, con sembiante offeso.
    Queste si percotean non pur con mano,
ma con la testa e col petto e coi piedi,
troncandosi co' denti a brano a brano.
    Lo buon maestro disse: «Figlio, or vedi
l'anime di color cui vinse l'ira;
e anche vo' che tu per certo credi
    che sotto l'acqua è gente che sospira,
e fanno pullular quest'acqua al summo,
come l'occhio ti dice, u' che s'aggira.
    Fitti nel limo dicon: "Tristi fummo
ne l'aere dolce che dal sol s'allegra,
portando dentro accidïoso fummo:
    or ci attristiam ne la belletta negra".
Quest'inno si gorgoglian ne la strozza,
ché dir nol posson con parola integra».
    Cosí girammo de la lorda pozza
grand'arco, tra la ripa secca e 'l mézzo,
con li occhi vòlti a chi del fango ingozza.
    Venimmo al piè d'una torre al da sezzo.

Inferno, canto VIII

Io dico, seguitando, ch'assai prima
che noi fussimo al piè de l'alta torre,
li occhi nostri n'andar suso a la cima

per due fiammette che i vedemmo porre,
e un'altra da lungi render cenno,
tanto ch'a pena il potea l'occhio tòrre.

E io mi volsi al mar di tutto 'l senno;
dissi: «Questo che dice? e che risponde
quell'altro foco? e chi son quei che 'l fenno?»

Ed elli a me: «Su per le sucide onde
già scorgere puoi quello che s'aspetta,
se 'l fummo del pantan nol ti nasconde».

Corda non pinse mai da sé saetta
che sí corresse via per l'aere snella,
com'io vidi una nave piccioletta

venir per l'acqua verso noi in quella,
sotto 'l governo d'un sol galeoto,
che gridava: «Or se' giunta, anima fella!»

«Flegïàs, Flegïàs, tu gridi a vòto»,
disse lo mio segnore, «a questa volta:
piú non ci avrai che sol passando il loto».

Qual è colui che grande inganno ascolta
che li sia fatto, e poi se ne rammarca,
fecesi Flegïàs ne l'ira accolta.

Lo duca mio discese ne la barca,
e poi mi fece intrare appresso lui;
e sol quand'io fui dentro parve carca.

Tosto che 'l duca e io nel legno fui,
segando se ne va l'antica prora
de l'acqua piú che non suol con altrui.
    Mentre noi corravam la morta gora,
dinanzi mi si fece un pien di fango,
e disse: «Chi se' tu che vieni anzi ora?»
    E io a lui: «S'i' vegno, non rimango;
ma tu chi se', che sí se' fatto brutto?»
Rispuose: «Vedi che son un che piango».
    E io a lui: «Con piangere e con lutto,
spirito maladetto, ti rimani;
ch'i' ti conosco, ancor sie lordo tutto».
    Allor distese al legno ambo le mani;
per che 'l maestro accorto lo sospinse,
dicendo: «Via costà con li altri cani!»
    Lo collo poi con le braccia mi cinse;
basciommi 'l volto e disse: «Alma sdegnosa,
benedetta colei che 'n te s'incinse!
    Quei fu al mondo persona orgogliosa;
bontà non è che sua memoria fregi:
cosí s'è l'ombra sua qui furïosa.
    Quanti si tegnon or là sú gran regi
che qui staranno come porci in brago,
di sé lasciando orribili dispregi!»
    E io: «Maestro, molto sarei vago
di vederlo attuffare in questa broda
prima che noi uscissimo del lago».
    Ed elli a me: «Avante che la proda
ti si lasci veder, tu sarai sazio;
di tal disïo convien che tu goda».
    Dopo ciò poco vid'io quello strazio
far di costui a le fangose genti,
che Dio ancor ne lodo e ne ringrazio.
    Tutti gridavano: «A Filippo Argenti!»;
e 'l fiorentino spirito bizzarro
in sé medesmo si volvea co' denti.

Quivi il lasciammo, che piú non ne narro;
ma ne l'orecchie mi percosse un duolo,
per ch'io avante l'occhio intento sbarro.

Lo buon maestro disse: «Omai, figliuolo,
s'appressa la città c'ha nome Dite,
coi gravi cittadin, col grande stuolo».

E io: «Maestro, già le sue meschite
là entro certe ne la valle cerno,
vermiglie come se di foco uscite

fossero». Ed ei mi disse: «Il foco etterno
ch'entro l'affoca le dimostra rosse,
come tu vedi in questo basso inferno».

Noi pur giugnemmo dentro a l'alte fosse
che vallan quella terra sconsolata:
le mura mi parean che ferro fosse.

Non sanza prima far grande aggirata,
venimmo in parte dove il nocchier forte
«Usciteci», gridò: «qui è l'intrata».

Io vidi piú di mille in su le porte
da ciel piovuti, che stizzosamente
dicean: «Chi è costui che sanza morte

va per lo regno de la morta gente?»
E 'l savio mio maestro fece segno
di voler lor parlar segretamente.

Allor chiusero un poco il gran disdegno
e disser: «Vien tu solo, e quei sen vada,
che sí ardito intrò per questo regno.

Sol si ritorni per la folle strada:
pruovi, se sa; ché tu qui rimarrai,
che li ha' iscorta sí buia contrada».

Pensa, lettor, se io mi sconfortai
nel suon de le parole maladette,
che non credetti ritornarci mai.

«O caro duca mio, che piú di sette
volte m'hai sicurtà renduta e tratto
d'alto periglio che 'ncontra mi stette,

non mi lasciar», diss'io, «così disfatto;
e se 'l passar più oltre ci è negato,
ritroviam l'orme nostre insieme ratto».

E quel segnor che lí m'avea menato,
mi disse: «Non temer; ché 'l nostro passo
non ci può tòrre alcun: da tal n'è dato.

Ma qui m'attendi, e lo spirito lasso
conforta e ciba di speranza buona,
ch'i' non ti lascerò nel mondo basso».

Così sen va, e quivi m'abbandona
lo dolce padre, e io rimagno in forse,
che sí e no nel capo mi tenciona.

Udir non potti quello ch'a lor porse;
ma ei non stette là con essi guari,
che ciascun dentro a pruova si ricorse.

Chiuser le porte que' nostri avversari
nel petto al mio segnor, che fuor rimase
e rivolsesi a me con passi rari.

Li occhi a la terra e le ciglia avea rase
d'ogne baldanza, e dicea ne' sospiri:
«Chi m'ha negate le dolenti case!»

E a me disse: «Tu, perch'io m'adiri,
non sbigottir, ch'io vincerò la prova,
qual ch'a la difension dentro s'aggiri.

Questa lor tracotanza non è nova;
ché già l'usaro a men segreta porta,
la qual sanza serrame ancor si trova.

Sovr'essa vedestú la scritta morta:
e già di qua da lei discende l'erta,
passando per li cerchi sanza scorta,

tal che per lui ne fia la terra aperta».

Inferno, canto IX

Quel color che viltà di fuor mi pinse
veggendo il duca mio tornare in volta,
piú tosto dentro il suo novo ristrinse.
    Attento si fermò com'uom ch'ascolta;
ché l'occhio nol potea menare a lunga
per l'aere nero e per la nebbia folta.
    «Pur a noi converrà vincer la punga»,
cominciò el, «se non... Tal ne s'offerse.
Oh quanto tarda a me ch'altri qui giunga!»
    I' vidi ben sí com'ei ricoperse
lo cominciar con l'altro che poi venne,
che fur parole a le prime diverse;
    ma nondimen paura il suo dir dienne,
perch'io traeva la parola tronca
forse a peggior sentenzia che non tenne.
    «In questo fondo de la trista conca
discende mai alcun del primo grado,
che sol per pena ha la speranza cionca?»
    Questa question fec'io; e quei «Di rado
incontra», mi rispuose, «che di noi
faccia il cammino alcun per qual io vado.
    Ver è ch'altra fíata qua giú fui,
congiurato da quella Eritòn cruda
che richiamava l'ombre a' corpi sui.
    Di poco era di me la carne nuda,
ch'ella mi fece intrar dentr'a quel muro,
per trarne un spirto del cerchio di Giuda.

Quell'è 'l piú basso loco e 'l piú oscuro,
e 'l piú lontan dal ciel che tutto gira:
ben so 'l cammin; però ti fa sicuro.

Questa palude che 'l gran puzzo spira
cigne dintorno la città dolente,
u' non potemo intrare omai sanz'ira».

E altro disse, ma non l'ho a mente;
però che l'occhio m'avea tutto tratto
ver l'alta torre a la cima rovente,

dove in un punto furon dritte ratto
tre fùrie infernal di sangue tinte,
che membra feminine avieno e atto,

e con idre verdissime eran cinte;
serpentelli e ceraste avien per crine,
onde le fiere tempie erano avvinte.

E quei, che ben conobbe le meschine
de la regina de l'etterno pianto:
«Guarda», mi disse, «le feroci Erine.

Quest'è Megera dal sinistro canto;
quella che piange dal destro è Aletto;
Tesifòn è nel mezzo»; e tacque a tanto.

Con l'unghie si fendea ciascuna il petto;
battíensi a palme, e gridavan sí alto,
ch'i' mi strinsi al poeta per sospetto.

«Vegna Medusa: sí 'l farem di smalto»,
dicevan tutte riguardando in giuso;
«mal non vengiammo in Tesëo l'assalto».

«Volgiti 'n dietro e tien lo viso chiuso;
ché se 'l Gorgòn si mostra e tu 'l vedessi,
nulla sarebbe di tornar mai suso».

Cosí disse 'l maestro; ed elli stessi
mi volse, e non si tenne a le mie mani,
che con le sue ancor non mi chiudessi.

O voi ch'avete li 'ntelletti sani,
mirate la dottrina che s'asconde
sotto 'l velame de li versi strani.

E già venía su per le torbide onde
un fracasso d'un suon, pien di spavento,
per cui tremavano amendue le sponde,

non altrimenti fatto che d'un vento
impetüoso per li avversi ardori,
che fier la selva e sanz'alcun rattento

li rami schianta, abbatte e porta fori;
dinanzi polveroso va superbo,
e fa fuggir le fiere e li pastori.

Li occhi mi sciolse e disse: «Or drizza il nerbo
del viso su per quella schiuma antica
per indi ove quel fummo è piú acerbo».

Come le rane innanzi a la nimica
biscia per l'acqua si dileguan tutte,
fin ch'a la terra ciascuna s'abbica,

vid'io piú di mille anime distrutte
fuggir cosí dinanzi ad un ch'al passo
passava Stige con le piante asciutte.

Dal volto rimovea quell'aere grasso,
menando la sinistra innanzi spesso;
e sol di quell'angoscia parea lasso.

Ben m'accorsi ch'elli era da ciel messo,
e volsimi al maestro; e quei fé segno
ch'i' stessi queto ed inchinassi ad esso.

Ahi quanto mi parea pien di disdegno!
Venne a la porta e con una verghetta
l'aperse, che non v'ebbe alcun ritegno.

«O cacciati del ciel, gente dispetta»,
cominciò elli in su l'orribil soglia,
«ond'esta oltracotanza in voi s'alletta?

Perché recalcitrate a quella voglia
a cui non puote il fin mai esser mozzo,
e che piú volte v'ha cresciuta doglia?

Che giova ne le fata dar di cozzo?
Cerbero vostro, se ben vi ricorda,
ne porta ancor pelato il mento e 'l gozzo».

Poi si rivolse per la strada lorda,
e non fé motto a noi, ma fé sembiante
d'omo cui altra cura stringa e morda
    che quella di colui che li è davante;
e noi movemmo i piedi inver' la terra,
sicuri appresso le parole sante.
    Dentro li 'ntrammo sanz'alcuna guerra;
e io, ch'avea di riguardar disio
la condizion che tal fortezza serra,
    com'io fui dentro, l'occhio intorno invio:
e veggio ad ogne man grande campagna,
piena di duolo e di tormento rio.
    Sí come ad Arli, ove Rodano stagna,
sí com'a Pola, presso del Carnaro
ch'Italia chiude e suoi termini bagna,
    fanno i sepulcri tutt'il loco varo,
cosí facevan quivi d'ogne parte,
salvo che 'l modo v'era piú amaro;
    ché tra li avelli fiamme erano sparte,
per le quali eran sí del tutto accesi,
che ferro piú non chiede verun'arte.
    Tutti li lor coperchi eran sospesi,
e fuor n'uscivan sí duri lamenti,
che ben parean di miseri e d'offesi.
    E io: «Maestro, quai son quelle genti
che, seppellite dentro da quell'arche,
si fan sentir coi sospiri dolenti?»
    E quelli a me: «Qui son li eresïarche
con lor seguaci, d'ogne setta, e molto
piú che non credi son le tombe carche.
    Simile qui con simile è sepolto,
e i monimenti son piú e men caldi».
E poi ch'a la man destra si fu vòlto,
    passammo tra i martíri e li alti spaldi.

Ora sen va per un secreto calle,
tra 'l muro de la terra e li martíri,
lo mio maestro, e io dopo le spalle.
    «O virtú somma, che per li empi giri
mi volvi», cominciai, «com'a te piace,
parlami, e sodisfammi a' miei disiri.
    La gente che per li sepolcri giace,
potrebbesi veder? già son levati
tutt'i coperchi, e nessun guardia face».
    E quelli a me: «Tutti saran serrati
quando di Iosafàt qui torneranno
coi corpi che là sú hanno lasciati.
    Suo cimitero da questa parte hanno
con Epicuro tutti suoi seguaci,
che l'anima col corpo morta fanno.
    Però a la dimanda che mi faci
quinc'entro satisfatto sarà tosto,
e al disio ancor che tu mi taci».
    E io: «Buon duca, non tegno riposto
a te mio cuor se non per dicer poco,
e tu m'hai non pur mo a ciò disposto».
    «O Tosco che per la città del foco
vivo ten vai cosí parlando onesto,
piacciati di restare in questo loco.
    La tua loquela ti fa manifesto

di quella nobil patrïa natio,
a la qual forse fui troppo molesto».
        Subitamente questo suono uscío
d'una de l'arche; però m'accostai,
temendo, un poco piú al duca mio.
        Ed el mi disse: «Volgiti! Che fai?
Vedi là Farinata che s'è dritto:
da la cintola in sú tutto 'l vedrai».
        Io avea già il mio viso nel suo fitto;
ed el s'ergea col petto e con la fronte,
com'avesse l'inferno a gran dispitto.
        E l'animose man del duca e pronte
mi pinser tra le sepulture a lui,
dicendo: «Le parole tue sien conte».
        Com'io al piè de la sua tomba fui,
guardommi un poco, e poi, quasi sdegnoso,
mi dimandò: «Chi fuor li maggior tui?»
        Io ch'era d'ubidir disideroso,?
non gliel celai, ma tutto gliel'apersi;
ond'ei levò le ciglia un poco in suso;
        poi disse: «Fieramente furo avversi
a me e a' miei primi e a mia parte,
sí che per due fïate li dispersi».
        .«S'ei fur cacciati, ei tornar d'ogne parte»,
rispuos' io lui, «l'una e l'altra fïata;
ma i vostri non appreser ben quell'arte».
        Allor surse a la vista scoperchiata
un'ombra, lungo questa, infino al mento:
credo che s'era in ginocchie levata.
        Dintorno mi guardò, come talento
avesse di veder s'altri era meco;
e poi che 'l sospecciar fu tutto spento,
        piangendo disse: «Se per questo cieco
carcere vai per altezza d'ingegno,
mio figlio ov'è? e perché non è teco?»

E io a lui: «Da me stesso non vegno;
colui ch'attende là, per qui mi mena
forse cui Guido vostro ebbe a disdegno».

Le sue parole e 'l modo de la pena
m'avean di costui già letto il nome;
però fu la risposta cosí piena.

Di súbito drizzato, gridò: «Come
dicesti? "elli ebbe"? non viv'elli ancora?
non fiere li occhi suoi lo dolce lume?»

Quando s'accorse d'alcuna dimora
ch'io facea dinanzi a la risposta,
supin ricadde e piú non parve fora.

Ma quell'altro magnanimo, a cui posta
restato m'era, non mutò aspetto,
né mosse collo, né piegò sua costa:

e sé continüando al primo detto,
«S'elli han quell'arte», disse, «male appresa,
ciò mi tormenta piú che questo letto.

Ma non cinquanta volte fia raccesa
la faccia de la donna che qui regge,
che tu saprai quanto quell'arte pesa.

E se tu mai nel dolce mondo regge,
dimmi: perché quel popolo è sí empio
incontr'a' miei in ciascuna sua legge?»

Ond'io a lui: «Lo strazio e 'l grande scempio
che fece l'Arbia colorata in rosso,
tal orazion fa far nel nostro tempio».

Poi ch'ebbe sospirando il capo scosso,
«A ciò non fu' io sol», disse, «né certo
sanza cagion con li altri sarei mosso.

Ma fu' io solo, là dove sofferto
fu per ciascun di tòrre via Fiorenza,
colui che la difesi a viso aperto».

«Deh, se riposi mai vostra semenza»,
prega' io lui, «solvetemi quel nodo
che qui ha 'nviluppata mia sentenza.

El par che voi veggiate, se ben odo,
dinanzi quel che 'l tempo seco adduce,
e nel presente tenete altro modo».

«Noi veggiam, come quei ch'ha mala luce,
le cose», disse, «che ne son lontano:
cotanto ancor ne splende il sommo duce.

Quando s'appressano o son, tutto è vano
nostro intelletto; e s'altri non ci apporta,
nulla sapem di vostro stato umano.

Però comprender puoi che tutta morta
fia nostra conoscenza da quel punto
che del futuro fia chiusa la porta».

Allor, come di mia colpa compunto,
dissi: «Or direte dunque a quel caduto
che 'l suo nato è co' vivi ancor congiunto;

e s'i' fui, dianzi, a la risposta muto,
fate i saper che 'l fei perché pensava
già ne l'error che m'avete soluto».

E già 'l maestro mio mi richiamava;
per ch'i' pregai lo spirito più avaccio
che mi dicesse chi con lu' istava.

Dissemi: «Qui con più di mille giaccio;
qua dentro è 'l secondo Federico
e 'l Cardinale; e de li altri mi taccio».

Indi s'ascose; ed io inver l'antico
poeta volsi i passi, ripensando
a quel parlar che mi parea nemico.

Elli si mosse; e poi, così andando,
mi disse: «Perché se' tu sí smarrito?»
E io li sodisfeci al suo dimando.

«La mente tua conservi quel che udito
hai contra te», mi comandò quel saggio;
«e ora attendi qui», e drizzò 'l dito:

«quando sarai dinanzi al dolce raggio
di quella il cui bell'occhio tutto vede,
da lei saprai di tua vita il vïaggio».

Appresso mosse a man sinistra il piede:
lasciammo il muro e gimmo inver' lo mezzo
per un sentier ch'a una valle fiede,
    che 'nfin là sú facea spiacer suo lezzo.

Godi, Fiorenza, poi che se' sí grande,
che per mare e per terra batti l'ali,
e per lo 'nferno tuo nome si spande!
  Tra li ladron trovai cinque cotali
tuoi cittadini onde mi ven vergogna,
e tu in grande orranza non ne sali.
  Ma se presso al mattin del ver si sogna,
tu sentirai, di qua da picciol tempo
di quel che Prato, non ch'altri, t'agogna.
  E se già fosse, non saria per tempo.
Cosí foss'ei, da che pur essere dee!
ché piú mi graverà, com' piú m'attempo.
  Noi ci partimmo, e su per le scalee
che n'avea fatto iborni a scender pria,
rimontò 'l duca mio, e trasse mee;
  e proseguendo la solinga via
tra le schegge e tra' rocchi de lo scoglio,
lo piè sanza la man non si spedia.
  Allor mi dolsi, e ora mi ridoglio,
quando drizzo la mente a ciò ch'io vidi,
e piú lo 'ngegno affreno ch'i' non soglio,
  perché non corra che virtú nol guidi;
sí che, se stella bona o miglior cosa
m'ha dato 'l ben, ch'io stessi nol m'invidi.
  Quante il villan ch'al poggio si riposa,
nel tempo che colui che 'l mondo schiara
la faccia sua a noi tien meno ascosa,

come la mosca cede a la zanzara,
vede lucciole giú per la vallea,
forse colà dov'e' vendemmia e ara:

di tante fiamme tutta risplendea
l'ottava bolgia, sí com'io m'accorsi
tosto che fui là 've 'l fondo parea.

E qual colui che si vengiò con li orsi
vide il carro d'Elia al dipartire,
quando i cavalli al cielo erti levorsi,

che nol potea sí con li occhi seguire,
ch'el vedesse altro che la fiamma sola,
sí come nuvoletta, in sú salire:

tal si muove ciascuna per la gola
del fosso, ché nessuna mostra il furto,
e ogne fiamma un peccatore invola.

Io stava sovra 'l ponte a veder surto,
sí che s'io non avessi un ronchion preso,
caduto sarei giú sanz'esser urto.

E 'l duca, che mi vide tanto atteso,
disse: «Dentro dai fuochi son li spirti;
catun si fascia di quel ch'elli è inceso».

«Maestro mio», rispuos'io, «per udirti
son io piú certo; ma già m'era avviso
che cosí fosse, e già voleva dirti:

chi è 'n quel foco che vien sí diviso
di sopra, che par surger de la pira
dov'Eteòcle col fratel fu miso?»

Rispuose a me: «Là dentro si martira
Ulisse e Diomede, e cosí insieme
a la vendetta vanno come a l'ira;

e dentro da la lor fiamma si geme
l'agguato del caval che fé la porta
onde uscí de' Romani il gentil seme.

Piangevisi entro l'arte per che, morta,
Deidamía ancor si duol d'Achille,
e del Palladio pena vi si porta».

«S'ei posson dentro da quelle faville
parlar», diss'io, «maestro, assai ten priego
e riprego, che il priego vaglia mille,
 che non mi facci dell'attender niego,
fin che la fiamma cornuta qua vegna;
vedi che del disio ver' lei mi piego!»
 Ed elli a me: «La tua preghiera è degna
di molta loda, e io però l'accetto;
ma fa che la tua lingua si sostegna.
 Lascia parlare a me, ch'i' ho concetto
ciò che tu vuoi; ch'ei sarebbero schivi,
perch'e' fuor greci, forse del tuo detto».
 Poi che la fiamma fu venuta quivi,
dove parve al mio duca tempo e loco,
in questa forma lui parlare audivi:
 «O voi che siete due dentro ad un foco,
s'io meritai di voi, mentre ch'io vissi,
s'io meritai di voi assai o poco,
 quando nel mondo li alti versi scrissi
non vi movete; ma l'un di voi dica
dove, per lui, perduto a morir gissi».
 Lo maggior corno de la fiamma antica
cominciò a crollarsi mormorando
pur come quella cui vento affatica;
 indi la cima qua e là menando,
come fosse la lingua che parlasse,
gittò voce di fuori e disse: «Quando
 mi diparti' da Circe, che sottrasse
me piú d'un anno là presso Gaeta,
prima che sí Enea la nomasse,
 né dolcezza di figlio, né la pieta
del vecchio padre, né 'l debito amore
lo qual dovea Penelopè far lieta,
 vincer poter dentro a me l'ardore
ch'i' ebbi a divenir del mondo esperto
e de li vizi umani e del valore;

ma misi me per l'alto mare aperto
sol con un legno e con quella compagna
picciola da la qual non fui diserto.

L'un lito e l'altro vidi infin la Spagna,
fin nel Morrocco, e l'isola de' Sardi,
e l'altre che quel mare intorno bagna.

Io e' compagni eravam vecchi e tardi
quando venimmo a quella foce stretta
dov'Ercule segnò li suoi riguardi

acciò che l'uom piú oltre non si metta;
da la man destra mi lasciai Sibilia,
da l'altra già m'avea lasciata Setta.

«O frati», dissi, «che per cento milia
perigli siete giunti a l'occidente,
a questa tanto picciola vigilia

de' nostri sensi ch'è del rimanente
non vogliate negar l'esperienza,
di retro al sol, del mondo sanza gente.

Considerate la vostra semenza:
fatti non foste a viver come bruti,
ma per seguir virtute e canoscenza».

Li miei compagni fec'io sí aguti,
con questa orazion picciola, al cammino,
che a pena poscia li avrei ritenuti;

e volta nostra poppa nel mattino,
de' remi facemmo ali al folle volo,
sempre acquistando dal lato mancino.

Tutte le stelle già dell'altro polo
vedea la notte, e 'l nostro tanto basso,
che non surgea fuor del marin suolo.

Cinque volte racceso e tante casso
lo lume era di sotto da la luna,
poi che 'ntrati eravam ne l'alto passo,

quando n'apparve una montagna, bruna
per la distanza, e parvemi alta tanto
quanto veduta non avea alcuna.

   Noi ci allegrammo, e tosto tornò in pianto;
ché de la nova terra un turbo nacque
e percosse del legno il primo canto.
   Tre volte il fé girar con tutte l'acque;
a la quarta levar la poppa in suso
e la prora ire in giú, com'altrui piacque,
       infin che 'l mar fu sovra noi richiuso».

Inferno, canto XXXIII

La bocca sollevò dal fiero pasto
quel peccator, forbendola a' capelli
del capo ch'elli avea di retro guasto.

Poi cominciò: «Tu vuo' ch'io rinovelli
disperato dolor che 'l cor mi preme
già pur pensando, pria ch'io ne favelli.

Ma se le mie parole esser dien seme
che frutti infamia al traditor ch'i' rodo,
parlare e lacrimar vedrai insieme.

Io non so chi tu se', né per che modo
venuto se' qua giú; ma fiorentino
mi sembri veramente quand'io t'odo.

Tu dei saper ch'i' fui conte Ugolino,
e questi è l'arcivescovo Ruggieri:
or ti dirò perch'i son tal vicino.

Che per effetto de' suo' mai pensieri,
fidandomi di lui, io fossi preso
e poscia morto, dir non è mestieri;

però quel che non puoi avere inteso,
cioè come la morte mia fu cruda,
udirai, e saprai s'e' m'ha offeso.

Breve pertugio dentro da la Muda,
la qual per me ha 'l titol de la fame,
e che conviene ancor ch'altrui si chiuda,

m'avea mostrato per lo suo forame
piú lune già, quand'io feci 'l mal sonno
che del futuro mi squarciò 'l velame.

Questi pareva a me maestro e donno,
cacciando il lupo e' lupicini al monte
per che i Pisan veder Lucca non ponno.

Con cagne magre studiose e conte,
Gualandi con Sismondi e con Lanfranchi
s'avea messi dinanzi da la fronte.

In picciol corso mi parieno stanchi
lo padre e' figli, e con l'agute scane
mi parea lor veder fender li fianchi.

Quando fui desto innanzi la dimane,
pianger senti' fra 'l sonno i miei figliuoli,
ch'eran con meco, e dimandar del pane.

Ben se' crudel, se tu già non ti duoli,
pensando ciò che 'l mio cor s'annunziava;
e se non piangi, di che pianger suoli?

Già eran desti, e l'ora s'appressava
che 'l cibo ne solea esser addotto,
e per suo sogno ciascun dubitava;

e io senti' chiavar l'uscio di sotto
a l'orribile torre; ond'io guardai
nel viso a' miei figliuoi sanza far motto.

Io non piangea, sí dentro impetrai;
piangevan elli; e Anselmuccio mio
disse: "Tu guardi sí, padre! Che hai?"

Perciò non lagrimai né rispuos'io
tutto quel giorno né la notte appresso,
infin che l'altro sol nel mondo uscio.

Come un poco di raggio si fu messo
nel doloroso carcere, e io scorsi
per quattro visi il mio aspetto stesso,

ambo le man per lo dolor mi morsi:
ed ei, pensando ch'io 'l fessi per voglia
di manicar, di súbito levorsi

e disser: "Padre, assai ci fia men doglia
se tu mangi di noi: tu ne vestisti
queste misere carni, e tu le spoglia".

Queta'mi allor per non farli piú tristi;
lo dí e l'altro stemmo tutti muti;
ahi dura terra, perché non t'apristi?

Poscia che fummo al quarto dí venuti
Gaddo mi si gittò disteso a' piedi,
dicendo: "Padre mio, ché non m'aiuti?"

Quivi morí; e come tu mi vedi
vid'io cascar li tre ad uno ad uno,
tra 'l quinto dí e 'l sesto; ond'io mi diedi,

già cieco, a brancolar sovra ciascuno;
e due dí li chiamai, poi che fur morti.
Poscia, piú che 'l dolor, poté il digiuno».

Quand'ebbe detto ciò, con li occhi torti
riprese 'l teschio misero co' denti,
che furo a l'osso, come d'un can, forti.

Ahi Pisa, vituperio de le genti
del bel paese là dove 'l sí suona,
poi che i vicini a te punir son lenti,

muovasi la Capraia e la Gorgona,
e faccian siepe ad Arno in su la foce,
sí ch'elli annieghi in te ogne persona!

Che se 'l conte Ugolino aveva voce
d'aver tradita te de le castella,
non dovei tu i figliuoi porre a tal croce.

Innocenti facea l'età novella,
novella Tebe, Uguccione e 'l Brigata
e li altri due che 'l canto suso appella.

Noi passammo oltre, là 've la gelata
ruvidamente un'altra gente fascia,
non volta in giú, ma tutta riversata.

Lo pianto stesso lí pianger non lascia,
e 'l duol che truova in su li occhi rintoppo,
si volge in entro a far crescer l'ambascia;

ché le lagrime prime fanno groppo,
e sí come visiere di cristallo,
riempion sotto 'l ciglio tutto il coppo.

E avvegna che, sí come d'un callo,
per la freddura ciascun sentimento
cessato avesse del mio viso stallo,

già mi parea sentire alquanto vento,
per ch'io: «Maestro mio, questo chi move?
non è qua giú ogne vapore spento?»

Ond'elli a me: «Avaccio sarai dove
di ciò ti farà l'occhio la risposta,
veggendo la cagion che 'l fiato piove».

E un de' tristi de la fredda crosta
gridò a noi: «O anime crudeli
tanto che data v'è l'ultima posta,

levatemi dal viso i duri veli,
sí ch'io sfoghi 'l duol che 'l cor m'impregna,
un poco, pria che 'l pianto si raggeli».

Per ch'io a lui: «Se vuo' ch'i' ti sovvegna,
dimmi chi se', e s'io non ti disbrigo,
al fondo de la ghiaccia ir mi convegna».

Rispuose adunque: «I' son frate Alberigo:
i' son quel da le frutta del mal orto,
che qui riprendo dattero per figo».

«Oh», diss'io lui, «or se' tu ancor morto?»
Ed elli a me: «Come 'l mio corpo stea
nel mondo sú, nulla scïenza porto.

Cotal vantaggio ha questa Tolomea,
che spesse volte l'anima ci cade,
innanzi ch'Atropòs mossa le dea.

E perché tu piú volentier mi rade
le 'nvetriate lacrime dal volto,
sappie che, tosto che l'anima trade

come fec'io, il corpo suo l'è tolto
da un demonio, che poscia il governa
mentre che 'l tempo suo tutto sia vòlto.

Ella ruina in sí fatta cisterna:
e forse pare ancor lo corpo suso
de l'ombra che di qua dietro mi verna.

Tu 'l dei saper, se tu vien pur mo giuso:
egli è ser Branca d'Oria, e son piú anni
poscia passati ch'el fu sí racchiuso».

«Io credo», diss'io lui, «che tu m'inganni;
ché Branca d'Oria non morí unquanche,
e mangia e bee e dorme e veste panni».

«Nel fosso sú», diss'el, «de' Malebranche,
là dove bolle la tenace pece,
non era giunto ancor Michel Zanche,

che questi lasciò un diavolo in sua vece
nel corpo suo, ed un suo prossimano
che 'l tradimento insieme con lui fece.

Ma distendi oggimai in qua la mano;
aprimi gli occhi». E io non gliel'apersi;
e cortesia fu lui esser villano.

Ahi Genovesi, uomini diversi
d'ogne costume, e pien d'ogne magagna,
perché non siete voi del mondo spersi?

Ché col peggior spirto di Romagna
trovai di voi un tal, che per sua opra
in anima in Cocito già si bagna,

e in corpo par vivo ancor di sopra.

Paradiso, canto XXXIII

«Vergine madre, figlia del tuo figlio,
umile e alta piú che creatura,
termine fisso d'etterno consiglio,
    tu se' colei che l'umana natura
nobilitasti sí, che 'l suo fattore
non disdegnò di farsi sua fattura.
    Nel ventre suo si raccese l'amore,
per lo cui caldo ne l'etterna pace
cosí è germinato questo fiore.
    Qui se' a noi meridiana face
di caritate, e giuso, intra ' mortali,
se' di speranza fontana vivace.
    Donna, se' tanto grande e tanto vali,
che qual vuol grazia e a te non ricorre,
sua disianza vuol volar sanz'ali.
    La tua benignità non pur soccorre
a chi domanda, ma molte fiate
liberamente al dimandar precorre.
    In te misericordia, in te pietate,
in te magnificenza, in te s'aduna
quantunque in creatura è di bontate.
    Or questi, che da l'infima lacuna
de l'universo infin qui ha vedute
le vite spiritali ad una ad una,
    supplica a te, per grazia, di virtute
tanto, che possa con li occhi levarsi
piú alto verso l'ultima salute.

E io, che mai per mio veder non arsi
piú ch'i' fo per lo suo, tutti i miei prieghi
ti porgo, e priego che non sieno scarsi,

perché tu ogne nube li disleghi
di sua mortalità co' prieghi tuoi,
sí che 'l sommo piacer li si dispieghi.

Ancor ti priego, regina, che puoi
ciò che tu vuoli, che conservi sani,
dopo tanto veder, li affetti suoi.

Vinca tua guardia i movimenti umani:
vedi Beatrice con quanti beati
per li prieghi ti chiudon le mani!»

Li occhi da Dio diletti e venerati
fissi ne l'orator, ne dimostraro
quanto i devoti prieghi le son grati;

indi a l'etterno lume s'addrizzaro,
nel qual non si dee creder che s'invii
per creatura l'occhio tanto chiaro.

E io ch'al fine di tutt'i disii
appropinquava, sí com'io dovea,
l'ardor del desiderio in me finii.

Bernardo m'accennava, e sorridea,
perch'io guardassi suso; ma io era
già per me stesso tal qual ei volea:

ché la mia vista, venendo sincera,
e piú e piú intrava per lo raggio
de l'alta luce che da sé è vera.

Da quinci innanzi il mio veder fu maggio
che 'l parlar mostra, ch'a tal vista cede,
e cede la memoria a tanto oltraggio.

Qual è colui che sognando vede,
che dopo 'l sogno la passione impressa
rimane, e l'altro a la mente non riede,

cotal son io, ché quasi tutta cessa
mia visione, e ancor mi distilla
nel core il dolce che nacque da essa.

Cosí la neve al sol si disigilla;
cosí al vento ne le foglie levi
si perdea la sentenza di Sibilla.

O somma luce che tanto ti levi
da' concetti mortali, a la mia mente
ripresta un poco di quel che parevi,

e fa la lingua mia tanto possente,
ch'una favilla sol de la tua gloria
possa lasciare a la futura gente;

ché, per tornare alquanto a mia memoria
e per sonare un poco in questi versi,
piú si conceperà di tua vittoria.

Io credo, per l'acume ch'io soffersi
del vivo raggio, ch'i' sarei smarrito,
se li occhi miei da lui fossero aversi.

E mi ricorda ch'io fui piú ardito
per questo a sostener, tanto ch'i' giunsi
l'aspetto mio col valore infinito.

Oh abbondante grazia ond'io presunsi
ficcar lo viso per la luce etterna,
tanto che la veduta vi consunsi!

Nel suo profondo vidi che s'interna,
legato con amore in un volume,
ciò che l'universo si squaderna:

sustanze e accidenti e lor costume,
quasi conflati insieme, per tal modo
che ciò ch'i' dico è un semplice lume.

La forma universal di questo nodo
credo ch'i' vidi, perché piú di largo,
dicendo questo, mi sento ch'i' godo.

Un punto solo m'è maggior letargo
che venticinque secoli a la 'mpresa,
che fé Nettuno ammirar l'ombra d'Argo.

Cosí lamente mia, tutta sospesa,
mirava fissa, immobile e attenta,
e sempre di mirar faceasi accesa.

A quella luce cotal si diventa,
che volgersi da lei per altro aspetto
è impossibil che mai si consenta;

però che 'l ben, ch'è del volere obietto,
tutto s'accoglie in lei, e fuor di quella
è defettivo ciò ch'è lí perfetto.

Omai sarà piú corta mia favella,
pur a quel ch'io ricordo, che d'un fante
che bagni ancor la lingua a la mammella.

Non perché piú ch'un semplice sembiante
fosse nel vivo lume ch'io mirava,
che tal è sempre qual s'era davante;

ma per la vista che s'avvalorava
in me guardando, una sola parvenza,
mutandom'io, a me si travagliava.

Ne la profonda e chiara sussistenza
de l'alto lume parvermi tre giri
di tre colori e d'una contenenza;

e l'un da l'altro come iri da iri
parea reflesso, e 'l terzo parea foco
che quinci e quindi igualmente si spiri.

Oh quanto è corto il dire e come fioco
al mio concetto! e questo, a quel ch'i' vidi,
è tanto, che non basta a dicer «poco».

O luce etterna che sola in te sidi,
sola t'intendi, e da te intelletta
e intendente te ami e arridi!

Quella circulazion che sí concetta
pareva in te come lume reflesso,
da li occhi miei alquanto circunspetta,

dentro da sé, del suo colore stesso,
mi parve pinta de la nostra effige:
per che 'l mio viso in lei tutto era messo.

Qual è 'l geomètra che tutto s'affige
per misurar lo cerchio, e non ritrova,
pensando, quel principio ond'elli indige,

tal ero io a quella vista nova:
veder voleva come si convenne
l'imago al cerchio e come vi s'indova;
    ma non eran da ciò le proprie penne:
se non che la mia mente fu percossa
da un fulgore in che sua voglia venne.
    A l'alta fantasia qui mancò possa;
ma già volgeva il mio disio e 'l velle,
sí come rota ch'igualmente è mossa,
    l'amor che move il sole e l'altre stelle.

TuttoDante

di Valentina Pattavina

Racconta Luigi Berlinguer, allora magnifico rettore dell'Università di Siena, che nel 1991, per celebrare i settecentocinquanta anni dalla fondazione dell'ateneo, aveva deciso di mettere su un evento istituzionale-aulico-accademico, ma che fosse in qualche modo anche vicino agli studenti. Pensò cosí di interpellare Roberto Benigni. «Che vuoi fare?» gli chiese. «Dante a mente», rispose l'artista.

Benigni si presentò in un'aula stracolma: la sua fama aveva fatto sí che la gente riempisse quel luogo di norma ingessato, attratta dall'idea di assistere all'esibizione di un comico molto amato.

Non fu certamente delusa: Benigni dette il meglio di sé scatenando l'entusiasmo generale, solo che a un certo punto avvenne una specie di miracolo. L'attore si fermò, tacque, poi cominciò a «dire» il V e l'VIII canto dell'*Inferno*, a memoria, accompagnando la recitazione a chiose e chiarimenti su ogni verso. Non volava una mosca. Dietro la comicità prorompente emergeva tutta la sua cultura, innestata in un'anima popolare che aveva assimilato Dante e lo aveva fatto proprio. E quella cultura, non piú pane per pochi, era riuscito a veicolarla agli studenti, a tutti i partecipanti all'evento, rendendola semplice, fruibile, da amare.

Il rapporto di Benigni con Dante risaliva però a parecchi anni prima. Nella Toscana in cui l'attore è nato, ci si fa un vanto di sapere a memoria i versi della *Commedia*; nessuno si sottrae a questo rito, cosí la madre lo spingeva a mandare «Dante a mente», mentre il padre lo buttava sui palcoscenici a improvvisare coi poeti d'ottave.

L'esperimento di Siena ebbe un seguito. Nel 1999, altre quattro università italiane invitarono Benigni a tenere delle *lecturae Dantis*: Pisa, 12 novembre; Roma, 15 novembre; Padova, 22 novembre; Bologna, 25 novembre. Ovunque aule strapiene, ovunque successo. A Pisa furono costretti ad allestire in fretta e furia degli schermi nelle altre sale perché il pavimento dell'aula magna «non reggeva il peso». *La vita è bella* proprio quell'anno era stato premiato con tre Oscar, e la «liturgia» degli incontri universitari prevedeva perciò una lunga chiacchierata di Benigni con gli studenti, uno scambio di domande e risposte sul film ma anche sulla politica, sulla comicità, sull'essere artisti; una cavalcata che conduceva dritto a Dante e alla spiegazione/esecuzione (in realtà mai lettura) di un canto: il XXXIII dell'*Inferno* a Pisa, il V dell'*Inferno* a Roma, il XXVI dell'*Inferno* a Padova, il XXXIII del *Paradiso* a Bologna.

A gennaio dello stesso anno, fra l'altro, Benigni aveva recitato il V e l'VIII canto dell'*Inferno* anche all'Università di Los Angeles, durante quelli che lui ha definito «giracci» di promozione del film negli Stati Uniti in previsione dell'assegnazione dell'Oscar: l'attore era riuscito a coinvolgere gli studenti dell'Ucla con il suo entusiasmo e il suo impeto, non negandosi una piccola stoccata quando aveva paragonato Los Angeles all'ottava bolgia per l'ampiezza, la profondità, il delirio e il fuoco.

Poi, nel 2002, osa un'apparente follia: portare l'ultimo canto del *Paradiso* al Festival di Sanremo. «Quella, – ricorda l'artista, – è stata la cosa piú vertiginosa, piú folle: Dante al Festival di Sanremo. È il luogo che lo trasforma, lo fa esplodere. Dante scoppia in un posto cosí, che sembra il suo contrario. Avevo una paura... Ma quando ho paura di una situazione, mi vien voglia di buttarmi, di andarci dentro. Andare a cercare il rischio, i posti sconosciuti, le zone pericolose è la missione dei comici».

Già, la missione dei comici. Di comici come Roberto Benigni, che sono pure dei rivoluzionari, che trattano di temi universali come la vita, l'amore, il sesso, l'adulterio, la fame, la povertà. Commedianti dell'Arte, insomma. Attori che provengono dal popolo e che con il popolo hanno bisogno di comunicare. Attori che agiscono su semplici palcoscenici, magari sbucando da dietro una tenda, oppure su una piazza, o per strada. Attori che girano di città in città parlando liberamente di sesso, tradimenti, prepotenze, ricorrendo allo sberleffo, a un linguaggio irriverente, provocatorio, carico di suoni e immagini allusive, ma consegnando a chi li ascolta elementi su cui riflettere.

Quest'arte e questa «rivoluzione» sono proprie di un artista come Benigni, che le ha trasfuse nella sua interpretazione dei canti della *Divina Commedia*. Annunciato e introdotto dalla sua sigla – nella nobile tradizione dei comici dell'avanspettacolo – si presenta da solo, nudo, su un palco anch'esso nudo, spoglio di qualsiasi elemento scenografico se non di pannelli di legno che fanno da quinte e da cui Benigni appare e scompare, come da dietro una tenda i Commedianti dell'Arte. E su quel palco, per far giungere in sala sentimenti ed emozioni, usa tutta la sua fisicità, la sua corporalità, ricorre a lazzi, suoni, onomatopee, versacci. Se vuol fare arrivare alla gente l'idea degli avari che nel VI canto dell'*Inferno* sono condannati a sospingere massi col petto nei due sensi opposti, gli uni contro gli altri, Benigni li imiterà fisicamente: percorrerà il palco in un senso e nell'altro, il corpo ripiegato su se stesso come fosse gravato da un peso enorme, sbuffando e lamentandosi, a tratti gorgogliando, per poi mettere in scena un dialogo immaginario tra i due personaggi che si scontrano e riportarli all'oggi, in modo da attualizzarli e renderli universali.

Cosí, dopo l'esperienza negli atenei, nasce l'idea di portare Dante in teatro. Il 23 dicembre 2002, per Rai Uno, Benigni recita l'ultimo canto del *Paradiso* negli studi cinematografici di Papigno, in provincia di Terni, totalizzando quindici milioni di telespettatori; nel novembre 2003, incanta per cento minuti una folla di tremila persone accorse ad ascoltarlo leggere lo stesso canto al *Simphony Center* di Chicago, in occasione dell'inaugurazione dell'Humanities Festival: «Dante a Chicago è solo l'inizio, – commenta l'artista. – Porteremo Petrarca a Detroit e Boccaccio a Tucson»; nel giugno 2006 recita il XXVI canto dell'*Inferno* nell'anfiteatro romano di Patrasso, quell'anno capitale europea della Cultura.

Poi, finalmente, arriva *TuttoDante*: a partire dal 27 luglio 2006, in piazza Santa Croce a Firenze, Benigni tiene un ciclo di letture dantesche. Tredici canti, uno per sera, concertati come un unico grande racconto.

«C'era una specie di curva sud della *Divina Commedia*, – ha affermato l'attore, – e la gente mi chiedeva ripetutamente di fare Paolo e Francesca, l'Ulisse e Farinata. Sembravano degli hooligan di Dante, c'erano scontri, dibattiti, un sentimento vivo. Parlavo di luoghi che bastava voltarsi per toccarli. Si sentiva la grandezza delle nostre radici».

TuttoDante ha radunato in piazza Santa Croce oltre settantamila spettatori. Il tour andato avanti fino a ottobre 2007, incentrato sul V canto dell'*Inferno*, ha totalizzato oltre cento repliche in quarantotto città diverse e piú di un milione di spettatori. La successiva messa in onda su Rai Uno ha raccolto davanti al piccolo schermo dieci milioni di telespettatori per la prima puntata (29 novembre 2007), seguita da altre tredici puntate fino al 14 febbraio 2008.

La storia recente parla di una possibile candidatura di Benigni al premio Nobel 2007, per l'impegno profuso in favore della diffusione di Dante; di un ministro della Pubblica istruzione, Giuseppe Fioroni, che a giugno del 2007 annuncia che, in accordo con l'attore, ai ragazzi delle superiori sarebbero stati forniti i Dvd delle letture dantesche; di una lettura del V canto dell'*Inferno* negli istituti carcerari di Opera e di Sulmona, a settembre 2007.

Infine, le lauree *honoris causae* per «meriti danteschi»: in Lettere dall'Università di Bologna (2002); in Filologia moderna dall'Università di Firenze (2007), e lo stesso anno il riconoscimento arriva anche dall'Università cattolica di Lovanio; in Letteratura dall'Università di Malta (2008); in Arti della comunicazione dall'ateneo ebraico di Roma Touro University (2008).

Nel 2008 le Edizioni Valdonega di Verona hanno pubblicato una versione in inglese in tre volumi della *Divina Commedia*, nella traduzione di Robert e Jean Hollander e con una prefazione di Roberto Benigni.

In tutti questi anni non sono mancati i detrattori, passati dalle minacce di lancio di uova durante l'esibizione sanremese alle accuse di banalizzazione, inadeguatezza, addirittura «bestemmia» per via dell'accento pratese. Resta il fatto che Roberto Benigni è l'artefice di una imponente operazione culturale capace di avvicinare Dante a decine di migliaia di persone. Senza snobismi di sorta, ha saputo spiegare in modo facile e profondo l'universo dantesco, sollecitando il coinvolgimento emotivo degli spettatori e l'amore per il piú grande poeta nella storia di tutti i tempi.

«Quando mi chiedono se Dante è ancora moderno, è come se mi chiedessero se è moderno il Sole, l'acqua. Io voglio solo trasmettere che mi piace, che mi dà gioia…»

Indice

Stampato per conto della Casa editrice Einaudi
Presso Mondadori Printing S.p.a., Stabilimento N.S.M., Cles (Trento)
nel mese di settembre 2008

Edizione   C.L. 19503   Anno

1   2   3   4   5   6   2008   2009   2010   2011